KB149737

책들의 그림자

초판 1쇄 인쇄 2015년 11월 10일
초판 1쇄 발행 2015년 11월 16일

지은이 최은주

펴낸이 유재건
펴낸곳 엑스북스(xbooks)
등록번호 제2014-000206호
주소 서울시 마포구 와우산로 180 4층 402호
대표전화 02-334-1412
팩스 02-334-1413

ISBN 979-11-86846-00-1 03800

이 도서의 국립중앙도서관 출판시도서목록(CIP)은 서지정보유통지원시스템 홈페이지(http://seoji.nl.go.kr)와 국가자료공동목록시스템(http://nl.go.kr/kolisnet)에서 이용하실 수 있습니다. (CIP제어번호: CIP 2015029772)

- 잘못 만들어진 책은 서점에서 바꿔드립니다.
- xbooks는 출판문화공간 엑스플렉스(X-PLEX)의 출판브랜드입니다.

보통의 글쓰기 X-PLEX
www.xplex.org
xbooks@xplex.org

책들의 그림자

Falling into the shadow of books

XBOOKS

최은주

목차

들어가면서_오래된 놀이, 문학 · 9

문학의 실용성 · 20

1장_언어와 사물 · 25

느림을 만지다 · 27 | 떠나기 위해서, 떠나지 못해서 · 33 | 놓친 기억과 만나는 순간 · 38

낯선 언어, 행복감 · 45

2장_이야기의 발견 · 55

자발적 행위로서의 놀이 · 57 | 주사위 던지기 · 60 | 가지 않은 길을 가다 · 65

날카로운 인식 · 71

3장_삶에 대한 태도 · 75

방관하지 않는 태도 · 77 | 삶의 역설 · 86 | 놀라운 발견 · 95 | 고백 · 98

4장_공감의 언어 · 109

고독, 또는 절망 · 111 | 진리의 이름 · 119 | 불화, 이별 · 122 | 가족의 잔인한 얼굴 · 126

선과 악 · 132

5장_주인공이 되다 · 137

열등한 사람들, 무대에 서다 · 139 | 불행한 존재 · 142 | 깨달음의 비극 · 147

마침내 어른이 되다 · 155

6장_ 문학의 비밀 · 159

아이러니 · 161 | 현재를 완성하는 기억 · 165 | 삭제된 얼굴 · 168 | 이미지의 진실 · 175

내용 없는 편지 · 181

7장_픽션의 순간들 · 187

진실임 직함의 놀이 · 189 | 시간을 많이 들이는 사람 · 192 | 삶에의 탐구 · 201

뒤집기의 독서 · 206

들어가면서.

오래된 놀이, 문학

어떻게 삶이 표현을 통해 대상물이 될 수 있는가? 삶이 어떻게 뜻의 세계로 나와 다른 사람이 이해할 수 있는 대상이 되는가?

—폴 리쾨르, 『해석의 갈등』

❖

"여러분을 모시게 되어 반갑습니다. 저는 금년 들어 제 처마 밑에서 여러분들처럼 재미있고 유쾌한 사람들을 본 적이 없습니다. 이건 절대로 거짓말이 아닙니다. 저는 여러분에게 즐거움을 선사하고자 합니다. 방금 전에 여러분들의 흥을 돋울 수 있는 멋진 놀이가 하나 떠올랐는데, 돈 한 푼 안 드는 놀이입니다.

여러분들은 모두 캔터베리로 가고 있습니다. 멋진 여행이 되길, 그리고 복된 순교자께서 여러분의 소원을 들어주시길 진심으로 기원합니다. 그런데 가는 도중에 각자 이야기를 하면 좀 더 재미있게 보낼 수 있을 것입니다. 목석처럼 아무 말도 없이 말을 타고 간다는 것은 정말 따분한 일입니다.

그래서 여러분에게 재미있는 놀이를 제안하겠습니다. 만일 이런 제 생각이 마음에 든다면 만장일치로 찬성해 주시고, 내일 순례 길을 떠날 때부터 제가 여러분들에게 지시하는 대로 따라 주시기 바랍니다. 만일 재미가 없다면 제 목을 잘라도 좋습니다. 자, 군소리는 더 하지 않겠습니다. 찬성하면 손을 들어주십시오.

…… 여러분, 제가 한 가지 부탁드리겠습니다. 요점만 말하자면, 이게 바로 저의 제안입니다. 그러니까 캔터베리로 가는 순례가 짧게 느껴질 수 있도록 여러분 각자가 여행하는 도중에 이야기를 두 가지씩 하는 것입니다. 다시 말하자면 가는 도중에 두 개, 돌아오는 길에 두 개, 즉 모두 네 가지의 이야기를 해야 합니다.
이야기는 '옛날 옛적에……'와 같은 형식이 되어야 합니다. 그리고 이야기를 가장 잘하는 분에게, 즉 가장 재미있는 이야기를 하시는 분에게 우리 모두가 돈을 내서 큰 축제를 벌여 주는 겁니다. 캔터베리 순례를 마치고 이 여관의 바로 이 지붕 밑으로 돌아와서 말입니다. 그리고 이 순례를 더욱 재미있게 하기 위해, 저도 여러분들과 함께 제 돈을 쓰고 말을 타고 가면서 여러분의 안내자가 되겠습니다. 제 말에 따르지 않는 분은 우리의 여행비용을 모두 지불하게 하겠습니다." (제프리 초서, 『캔터베리 이야기』, 29~30쪽)

14세기 말에 쓰여진 제프리 초서의 『캔터베리 이야기』에서 봄은 사람들로 하여금 성지 순례를 떠날 열망을 품게 하는 계절이다. 은은하게 내리는 4월의 비가 3월의 가물었던 땅속으로 깊숙이 파고들어 가고 있었고, 그 비는 꽃을 피우기에 모자람이 없을 정도로 대지의 모든 나뭇가지를 촉촉이 적시고 있었다(『캔터베리 이야기』, 14쪽). 신 중심 사회였던 중세 유럽에서 성지 순례란 가장 신성한 의무였을 테니 순례를 위해 사람들이 모인 4월 봄날의 의미는 충분히 짐작이 간다. 그렇게 런던의 템스 강 남동쪽 기슭인 서더크(Southwerk)의 타바드 여관에 모인 삼십 명의 사람들은 여관 주인의 제안을 받는다. 왕복 순례

길에 아무 말도 없이 오가기만 한다면 재미가 없을 터이니 번갈아 가면서 이야기를 하여 무료함을 달래자는 것이다. 이에 모든 사람들이 흔쾌히 허락한다. 중세의 사람들이 내세의 삶을 믿으며 현세의 삶을 기꺼이 포기했다는 기록이 있음에도 불구하고 재미와 삶이 섞인 이야기를 즐겼다는 증거를 보여 주는 대목이다.

어느 시대에나 인간에게는 스토리(story)라고 하는 이야기가 존재했다. 이야기는 의사소통이었고, 과거를 보존하는 수단이었다. 말과 글이 없었던 원시시대에는 그림을 통해서, 글이 없던 고대에는 구전이라고 하는 시 형태의 스토리가 존재했다. 이후에 글이 생기자 기록으로 남길 수 있는 긴 형태의 서사시가 등장하였다. 중세에는 기사제도가 생겨나서 이전 신과 우주가 차지하던 문학의 중심에 인간, 즉 왕과 기사가 서게 된다. 이때 기사들은 왕뿐만 아니라 곤경에 처한 궁정 여인들을 구하고 지키는 가운데 사랑을 바쳤는데, 이것이 유럽 전역에 궁정 로맨스를 유행시켰다. 18세기에는 비로소 소설이라고 이름붙인 문학 형태가 나타났다. 스토리는 문학작품의 필수적인 요소이지만 전부는 아니다. 비슷한 스토리는 어디에든 존재할 수 있다. 그러나 그 책이 어떤 식으로 내용을 분배하여 축조했는지, 어떤 스타일에 어떤 어조를 띠고 있는지, 어떤 언어표현을 구사했는지에 따라 즐거움과 재미의 깊이는 전혀 다르다. 독자가 책을 들어 직접 읽지 않으면 그 즐거움을 느낄 수 없다. 책은 특정 페이지에서 독자의 감정을 불러 모으고, 등장인물과 동일시하여 분노를 느끼게도 한다. 선과 악을 판단하게 만들기도 한다.

신이나 왕, 영웅과 같은 높은 자리의 인물들의 행적을 다루던 초기와 달리 어리석고 죄를 짓는 평범한 인간들의 부도덕함이나 반(反)종교, 그리고 매춘과 같은 내용을 다루면서 소설의 인기가 상승하자 도덕주의적인 종교계의 비난이 이어지면서 문학은 많은 시련을 겪어야 했다. 문학이 마술을 부려 인간의 정열을 자극하고 편견을 일으켜 큰 해악을 미친다는 생각에 이른 것이다. 그러자 독서는 죄가 되는 행위이자 어리석은 취미로 여겨졌다. 이후 문학은 하나의 장르로 분야를 좁히게 된다. 과학과 물질의 시대의 도래로 물질적 이해·관리·과학적 사고에 초점을 둔 산문이 나오면서, 아름답고 시적인 정취의 '순진한' 시가 공동생활의 표현방식에는 맞지 않다는 전망이 있었던 것이다. 이렇게 되면 문학은 문학만이 선호하는, 심화된 내면의 삶을 관찰하는 추상적인 개념의 영역이 될 것이었다(자크 랑시에르, 『문학의 정치』, 32쪽). 그러나 문학은 바로 공동생활의 심장부, 일상의 산문적인 기호들과 시의 기호들이 뒤섞이는 바로 그 세계로부터 나왔다.

대학의 기능과 역할이 변화하면서 취업 등에 직접적인 도움이 되지 않는 문학을 전공하려는 학생들이 점점 줄어드는 게 사실이다. 그러나 문학작품은 즐거움과 재미를 준다. 학문의 목적이 앎에 대한 호기심과 즐거움을 채워 주는 것임을 기억한다면, 대학의 성격이 변모한 데서 과거 문학이 누렸던 인기와 현재의 비인기를 이해할 수 있을 것이다. 문학은 틀어박힌 삶의 한계성을 벗어나게 해주면서 상상력과 이해력을 돕고, 새로운 장소에 이르도록 해주며, 새로운 사람을 만나게 해준다. 그리고 여러 시점에서 사건을 진단해 볼 수 있는 경험을 갖게 해준다. 이런 점에서 책은 사람을 도피하게만 하는 것이 아니라, 인간이 되게 한다. 훈계나 지시에 의해서가 아니라 독자 스스로 인생에의 가르침을 발견하고 깨닫게 해준다. 이러한 사실은 문학이 잘 팔리지 않는 비실용적인 학문이 아니라 오히려 그 반대임을 보여 주는 것이 아닐까?

대학에서 문학수업을 맡고 있으면서도 나는 한동안 문학을 소홀히 했다. 수업에서는 소위 '상상력' 있고 '예술적 가치'를 가진 문학의 자격을 갖춘 정전(正典)이라고 하는 것들을 다룬다. 『노튼 앤솔로지』(*Norton Anthology*)에는 그에 걸맞은 작품들이 선정되어 있다. 시와 소설, 희곡 장르와 플롯, 인물, 배경, 주제, 상징, 시점 등의 문학 요소들에 맞춰 작품들이 소개되어 있다. 그것들 중에 고르기만 하면 된다. 그러나 나로서는 그런 작품들이 가진 매력과 장점에도 불구하고 직업적으로 익숙하고 친근해졌다는 이유 때문에 교과서용 문학을 다룬다는 느낌을 떨칠 수가 없었다. 그래서인지 『노튼 앤솔로지』에 포진해 있는 영미문화권의 문학보다 조금은 더 이국적인 독일, 프랑스, 남미의 문학 쪽에 자발적인 호기심을 가지게 되었던 것 같다. 문학에서 강조하듯이 문학의 가장 큰 목적은 즐거움이다. 요즘같이 문학을 멀리하게 된 데는 문학을 놀이가 아니라 공부로 바꿔 놓은 교육적 분위기 탓이 크다. 과거에 엄마 몰래 교과서 밑에 숨기고 보던 괴도 뤼팽이나 셜록 홈스의 긴박한 이야기가 더없이 좋은 놀이였다면, 언젠가부터 문학 작품은 기껏해야 '전문가들이 선정한 필독도서 목록' 정도의 의미만을 갖게 되었다. 지금은 문학 서적이라고 하면 모두 통틀어 지루한 것으로 여겨진다. 놀이란 그 자체로 만족감을 얻는 일시적 행위이며, 그것으로 놀이의 소임은 끝난다. 그러나 누군가가 말했듯이 크게 마음먹고 시간을 내어 주위를 물리쳐야만 책을 읽을 수 있게 된

요즘, 나의 경우에도 그동안 문학작품을 즐거움을 위한 목적으로만 읽을 시간이 없었다. 언제나 다른 연구를 위해 필요한 소재나 예로 사용해 왔던 것이다. 그러다 보니 놀이, 혹은 즐거움으로서의 독서는 잊혀졌다.

이런 사실을 잊어버리고, 처음 문학 관련 책 집필을 의뢰받았을 때 나는 큰 부담을 느끼지 않았다. 전공일 뿐만 아니라 무엇보다 좋아하는 것이니까 쉽고 즐겁게 쓸 수 있으리라 생각했다. 글을 쓰면서 나의 생각이 잘못된 것임을 알았다. 심지어 내가 좋아했고 즐겼던 문학들을 소개한다는 것도 어려웠다. 나는 여러 권의 책들을 손꼽으면서 좋다고 기억했지만, 어째서, 무엇이 좋았는지는 구체적으로 기억해 내지 못했다. 그 책들을 찾아냈을 때는 이미 오래된 먼지가 쌓여 군데군데 얼룩이 져 있었고, 판본도 너무 오래되어 읽기가 어려웠다. 번역 또한 문제가 되었다. 초기 번역들 중에는 비영어권 문학의 경우도 영어판을 가지고 번역한 중역본들이 있었다. 번역에 번역을 거친 문학에 문제가 제기되는 것은 그러한 이유에서다. 더 큰 문제는 당시의 감흥을 지금의 내가 그대로 가지고 있지 못하다는 것을 발견했다는 점이다. 문학이 늙어가는 것일까? 수년 전에 읽어 강렬했던 책을 다시 읽게 되었을 때는 처음의 감동을 더 이상 받지 못했다. 다시 읽어서 느낀 덤덤함은 첫 번째 읽었을 때의 감동에 대한 기억을 신뢰할 수 없는 것으로 만들어 놓는다. 그 시절에 읽어 가슴에 박힌 쌉쌀한 느낌들, 그것은 이미 그 시절의 나를 뒤엎어 변화시켜 놓았다. 롤랑 바르트의 말대로 동일한 텍스트가 두 번째도 똑같이 우리 마음에 들리라고 말해 주는 것은 아무것도 없다. 기분이나 습관·상황에 의해 쪼개지는 부스러지기 쉬운 즐거움, 즉 불안정한 즐거움인 것이다(롤랑 바르트, 『텍스트의 즐거움』, 100쪽). 따라서 어떤 책은 포기해야 했다. 기억에 대한 불신 때문에 처음 읽는 것처럼 다시 읽어야 했고, 새로운 책을 찾아내야 했다. 물론 그 반대의 경우도 있었다. 예전에 보지 못했던 것이 새롭게 보이는 경우도 있었다. 어떤 문제로 고민할 때 우연히 들춘 책에서 바로 그 문제의 실마리를 얻을 때가 있다. 그러나 그것은 언제나 거기에 쓰여 있었다. 단지 독자가 읽을 때마다 자신이 기대했던 것만을 읽어냈을 뿐이다.

여기에서 한 가지 교훈을 얻을 수 있었다. 책이 변하는 것이 아니라 독자가 변한다는 사실이다. 일본의 사상가 가라타니 고진이 『윤리21』에서 지적한 대로 우리는 항상 과거의 텍스트와 대화하면서 살고 있다. 그러나 읽는 사람이 변하기 때문에 시대마다 책에 대한 해석이 재시도된다. 그리고 끊임없이 재평가라는 시련을 만나고, 그 시련을 통과하면서 다시금 고전이 된다. 따라서 고전을 읽는 것을 고리타분하다고 몰아붙일 일이 아니다. 그것은 언제든지 현재의 얼굴로 나타날 수 있다. 비록 이미 죽은 고전 작품의 저자에게 질문을 하고 답을 구할 수는 없지만, 그 작품의 텍스트를 통해 의문을 품고 사유하는 지평을 마련할 수 있는 것이다. 그것은 독서를 단지 소비로만 끝내지 않는다는 것을 의미한다. 책 한 권을 다 읽는다는 것은 단지 줄거리를 이해하고 끝내는 것이 아니다. 다양한 정보를 수동적으로 수용하는 소극적인 독서활동뿐만 아니라, 밑줄을 긋고 여백에 여러 개의 의문부호와 코멘트를 적어 두는 적극적인 독서가 존재하는 것이다.

그러나 이 책에서는 고전으로 정평이 나 있는 책들을 반복적으로 다루지는 않을 것이다. 나는 독서가 놀이라는 것을 보여 주기 위해 몇 편의 흥미로운 소설들을 골랐다. 전문가들이 선정한 필독서 목록은 어렵다는 선입견을 만들어, 오히려 고전에 흥미를 잃게 만든다. 나는 고전이 지루하고 힘겹다는 선입견을 떨쳐주고 싶다. 애초 시가 가진 본질이었던 놀이의 즐거움을 빼앗기게 된 것은 앞에서도 이야기했듯이 놀이와 진지함의 경계를 나누고 문학을 학문적 지평, 즉 진지함을 지향하는 것으로 변화시켰기 때문이다. 제임스 조이스 같은 모더니즘 작가는 문학연구를 위한 실험적인 작품들을 쓰는 일에 매달렸고, 그의 『율리시스』는 그가 앞날을 내다봤듯이 후대의 많은 대학 교수들까지 도전해야 할 만큼 어려운 작품으로 손꼽힌다. 이와 같이 대학 교수들과 비평가, 철학자들에 의해 몇몇 작품이 반복 거론되면서 그것들은 진정한 고전으로 거듭난다. 그런 사실과 별개로 현실에서 그러한 작품들은 외면을 당하고 있지만 말이다. 읽기 힘든 책에 대한 부담은 더 이상 독서를 놀이로 여길 수 없게 만든다. "이제 책들은 벤치에 앉아 볕을 쬐는 늙은이처럼 관심에서 멀어져 잊힌 채로 서가에 꽂혀 있다."(자가예프스키, 「책을 읽으며」, 『타인만이 우리를 구원한다』, 49쪽)

그러나 재미에는 모순어법이 내포되어 있다. 게임과 스포츠를 보면, 재미뿐만 아니라 시합과 경쟁, 도전의 구도가 존재하며 높은 단계로 올라갈수록 어렵고 복잡해진다. 문학의 시작도 마찬가지였다. 앞에서 『캔터베리 이야기』의 인물들이 일종의 놀이이면서 시합의 형태로 경품을 놓고 번갈아 가며 이야기를 했던 것처럼, 고대 그리스의 디오니소스 축제에는 비극과 희극 경연대회가 있었다. 개인은 세 개의 비극 연작과 다소 가벼운 분위기의 극 하나를 출품하여 심사를 받았다. 독서도 비슷한 양상을 띤다. 책에는 독자를 매혹시키는 긴장이 존재한다. 모티프의 발전, 분위기의 표현 등은 놀이 요소라고 할 수 있다. 신화든 서정시이든, 희곡이든 서사시이든, 과거의 전설이든 현대 소설이든 작가의 목적은 의식·무의식으로 독자를 '매혹시키는' 긴장을 만들어 내 그 상태를 계속 유지하는 것이다(요한 하위징아, 『놀이하는 인간: 호모 루덴스』, 255쪽). 갈등요소는 재미의 시동을 걸어 준다. 영웅에게 부여된 불가능한 임무, 영웅의 숨겨진 정체성은 마치 고대 수수께끼 시합처럼 경쟁적인 놀이를 연상시킨다. 문제는 하위징아가 지적한 현대 시, 현대문학이 그러한 놀이에 부응하느냐 하는 점이다.

> 일반적으로 접근할 수 없는 영역에서 움직이며 수수께끼 같은 말로 의미를 흐릿하게 하는 것을 선호하는 현대 시의 스타일은, 예술의 본질에 충실하게 부응하면서 그것을 옹호하는 것이다. 현대 시의 특별한 언어를 이해하는 소수 독자들과 함께 현대 시인들은 굉장히 오래된 계통의 폐쇄적인 문화 모임을 형성하고 있다. 하지만 현대 문명이 시가의 목적을 충분히 인정하여 정말로 중요한 기능을 수행하는 예술로 더욱 활발하게 육성해 줄 것인지는 의문이다. (『호모 루덴스』, 260쪽)

그의 글에서 알 수 있듯이 독자들만을 탓할 수는 없다. 독자층이 넓어지면서 독자의 취향과 요구에 맞춰 작품의 방향을 설정하던 18~19세기 작가들에 비해 19세기 후반의 작가들은 '예술을 위한 예술'의 운동에 동참한다. 독자가 선호하는 것과 상관없이 자신들을 위한 문학을 하겠다는 것이었다. 그렇게 해서 문학사적으로는 더 훌륭한 작품들이 나오게 되긴 했지만 독자와의 거리는 점점 멀어졌다. 글만 읽을 줄 알면 재미있게 즐길 수 있던 책은 의미를 파악하기 어려운 골치 아픈 것이 되었다. 그러나 독서의 본질은 여전히 글 하나하나가 충만한 기쁨을 가질 수 있다는 점이다. 문학작품은 그런 불가피하고 예측 불가능한 계시를 내재한다.

나는 가장 최소의 네트워크만을 이용하고 있다. 처음에 재미있다고 느낀 소셜 네트워크는 이내 소모적인 감정이 결합된 지겨움을 가져다주었다. 예전에 어떤 선생님께서 이런 말씀을 하셨던 게 기억난다. "없던 자동차가 생기면 인생이 전혀 다르게 보인다. 그러나 다시 자동차를 없애고 나면 인생은 또다시 새롭게 보인다." 없어서의 불편함에 대해서 염려하지만, 없어서 생길 자유로움에 대해서는 생각해보지 않는 것이 보통이다. 그런데 예상 밖으로 불편함 대신 집착을 버리는 여유로움을 누리게 된다. 단 얼마간이라도 그런 시간에 빠져 보기를 권한다. 큰맘 먹고 서점에 가보자. 가까운 곳에 새로 음식점이 생기면 맛이 어떨까 하고 들어가 보게 마련이다. 학교 앞이나 동네 길목에 서점이 있다면 책이 꼭 필요하지 않더라도 호기심에서, 혹은 시간을 때우기 위해서라도 들어가 볼 것이다. 이제는 그럴 수 있는 서점이 많지 않다. 잡지와 베스트셀러 몇 권이 목록의 대부분인 동네 서점과 수업교재가 구비되어 있는 교재서점 정도가 있을 뿐이다. 문학 속의 삶을 이야기하기 전에 현실의 삶에 서점이, 또는 도서관이 자주 등장해 준다면, 그리고 그곳이 단지 당장 필요한 도서를 구입하기 위한 곳이 아니라 놀이터 같은 곳이라면 책은 자연스럽게 생활의 일부가 될 것이다. 먼저 원하는 사람이 많아진다면 서점과 도서관의 수는 늘어날 수밖에 없다.

서점이나 도서관에서 책들을 더듬다가 우연히 찾아낸 책이 나를 사색하게 하고 모험의 동력이 된다면 그것이야말로 삶에서의 보물찾기이다. 나에게는 그런 기억 하나가 있다. 어슬렁어슬렁 길을 걷다가 갑자기 소나기가 내리는 여름, 비를 피하려고 마침 눈앞에서 발견한 중고서점에 뛰어 들어갔다. 도서 검색이 불가능한 곳. 그래서 천정부터 양쪽 벽을 몇 시간씩 훑어야만 기적처럼 원하는 책을 만나게 되는 곳. 그래서 마냥 이런저런 책들을 들춰보면서 주인의 고양이와 장난을 치다 그냥 빈손으로 돌아간다 해도 행복했다. 주인은 검색기능을 갖춘 컴퓨터가 없는 것에 대해 미안해하지도 않고, 손님은 몇 시간씩 책을 뒤지며 어슬렁거리는 것에 대해 눈치를 보지 않아도 되는 곳. 그런 곳이 있다면, 현실이지만 픽션 같을 것이다. 10년이 지난 지금도 그때를 잊지 못한다. 이후 그곳을 떠날 때까지 그 서점은 나의 놀이터였다. 그곳은 비가 그쳐 해가 내리비칠 때까지 머물러도 좋은 피난처이기도 했다. 작아 보였으나 결코 작지 않았던 반지하 서점으로, 기대 이상의 책들이 이곳저곳에서 나타나던 곳이다.

자동차가 있었다가 없을 때의 자유로움처럼, 없어서의 자유로움을 경험해 보지 못한 이들에게 나는 두툼한 책 한 권을 손에 쥐어주고 싶다. 탁 트인 공원이나 공공도서관 한쪽 책상에서 책을 펼쳐 보라. 파스칼 메르시어의 『리스본행 야간열차』에서 라이문트 그레고리우스는 뭘 해야 좋을지 모를 때마다 독서를 하곤 했다. 그렇게 자연스럽게 독서로 이어질 수 있었던 것은 그가 독서의 기쁨을 발견했기 때문이다. 스스로 발견하지 못한다면 아무리 이야기해 줘도 알 수 없는 것이 독서의 기쁨이다. 그레고리우스의 어머니에게는 아들이 책 속으로 도망치는 것으로 보였다. 그가 어머니에게 아무리 이야기해도 좋은 글의 마술 같은 힘이나 광채를 이해시킬 수는 없다. 손을 잡고 책 속으로 함께 걸어 들어갈 수는 없는 일이다.

문학의 실용성

오래전에 공대를 나온 한 친구가 "실질적으로 쓸 곳도 없는 문학이 어째서 필요한지 모르겠다"고 말한 적이 있다. '실질적'이라는 것은 실용성을 말하는 것이다. 그 친구의 말은 또한 문학이 '사실적인' 것이 아니라 '꾸며낸' 것이기 때문에 의미가 없다는 것이다. 그러나 그 친구가 비웃는 환상이 정말로 단지 환상이기만 할까? 그가 잘못 생각하고 있었던 것은 아닐까? 실제로는 환상이 가치 있는 것이고, 환상을 비웃는 사람들이 그 가치를 파괴하고 있던 것은 아닐까? 문학은 그저 꾸며낸 것도, 그저 삶을 그대로 모방한 것도 아니다. 만약 그렇다면 수 세기 동안 어떻게 인류에게 공감을 일으킬 수 있었겠는가? 그동안 문학을 멀리했다고는 했지만, 그럼에도 문학은 늘 내가 쓰는 글에 막강한 영향력을 행사해 왔다. 그것은 문학의 추상성에도 불구하고 문학이 사물을 재현할 때 상상력뿐만 아니라 닮음의 속성이 있어야 하는 특징 때문이다(미셸 푸코, 『말과 사물』, 117쪽). 낯설다거나 생경하다는 말 또한 '닮음의 속성'을 전제한다. 그렇지 않다면 그것은 혼돈일 뿐 현실에서 아무런 의미화 과정을 일으킬 수 없을 것이다.

밀란 쿤데라의 『농담』에서 묘사되는 이발소 장면은 아주 소소한 부분까지 현실의 모습을 따른다. 예를 들면, 가죽 끈에 면도칼이 왔다 갔다 하는 소리라든가, 면도 크림을 듬뿍 바르는 젖은 손이라든가, 솔로 비누를 펴 바르는 묘사는 특별할 것 없는 일상적인 풍경이다. 그러나 15년 만에 찾은 고향에서 들르게 된 이발소에서 주인공 루드빅은 독자와는 다른 정서로, 아니 어쩌면 독자도 한번쯤 스치듯이 느꼈을 법한 감정을 서술한다. 루드빅은 자신의 모습이 비치는 거울을 보기 싫어 눈을 감고 있다. 그러다가 문득 자신이 면도날을 날카롭게 갈아 놓은 여자에게 완전히 내맡겨진 무방비 상태의 희생물이라는 상상을 한다. 그리고 마침내 귓불을 쥐고 또 한 손으로는 얼굴의 비누거품을 꼼꼼하게 긁어내는 낯선 여자가 궁금해진다. 바로 그 순간 눈을 뜬다. 그때 자신 앞에 서 있는 여자가 15년의 공백을 거슬러 그의 기억으로 건너온다. '아는 여자이다!' 변한 구석은 많지만, 그녀의 눈만은 그대로였다. 문학이 현실과 다른 점은 독자의 비위를 거스르지 않는 사소한 이발소의 풍경을 현실 그대로 보여 주면서, 그 사소한 풍경 속에 우연을 심어 놓고 그 우연의 수천, 수만 분의 일에 해당하는 필연을 끄집어내어 이야기를 전개시킨다는 것이다. 이렇게 해서 루드빅은 15년 전의 이야기, 그의 인생을 바꿔 놓은 사건을 이야기할 기회를 잡는다. 그렇게 이야기를 꺼내는 문학은 현실 속 우리의 행위에 대해 있을 법한 결과를 이런저런 식으로 보여 줌으로써 상상하고 느끼도록 하며, 윤리적 행위에도 중요한 영향을 미칠 수 있다. 이런 점을 감안하면 문학은 오히려 실용적인 방식으로 인간 행위에 영향을 미치고 있다. 그러나 한편으로, 삶을 실용성만 가지고 바라본다면, 우리의 감성, 지성은 축소될 수밖에 없다.

내 수업을 들었던 한 학생은 수학이 싫고 그나마 영어를 좋아해서 대학 전공을 영어영문학과로 선택했다. 취업에 유리한 학과도 아니어서 자신의 전공에 대해 별반 애정을 가지고 있지 않은 채 1학년이 지나고, 그 사이 휴학과 복학을 했다. 고학년이 되자 자신의 전공이 궁극적으로 자신의 정체성과 주변을 깊이 생각하게 하는 학문이라는 것을 깨달았다고 한다. 이제 문학작품을 읽으면 어느샌가 물이 촉촉이 스며든 모래가 햇빛에 반짝거리는 느낌을 바로 자신에게서 느끼게 된다는 것이다. 문학으로 인해 충만해지는 데에는 어쩌면 이렇게 오랜 시간이 걸리기도 한다. 이 세상에 놀이가 얼마나 많은데, 의자에 몸을 기대어 책을 읽게 되는 데에도 계기가 있는 법이다.

그러니, 학교 과제나 학습을 위한 의무적인 독서를 제외하고 순전한 놀이로 책을 읽게 되는 계기를 영원히 마련하지 못할 수도 있다. 골프도, 스키도, 승마도 그런 놀이의 하나이다. 이런 놀이에도 학습과, 비용, 연습이 필요하다. 골프나 스키, 승마를 처음부터 즐길 수는 없기 때문이다. 먼저 내가 즐길 수 있는 것을 찾아야 한다. 그러고도 배워야 할 방법과 규칙이 있다. 독서도 마찬가지다. 독서가 저절로 되는 것이라고 알고 있다면 그것은 잘못된 생각이다. 독서야말로 습관이며 숙련이 필요한 활동이다. 독서의 기쁨은 경험한 사람만이 알 수 있다. 여행을 해본 사람이 여행의 기쁨을 아는 것과 마찬가지다. 그들에게 기쁨은 안락함이 아니다. 오히려 모험에 가까운 험난한 여정이다. 여행을 해본 사람은 여비를 마련하기 위한 통장 계좌를 따로 만들어 놓는다. 심지어는 언제고 떠나기 위해 여행 가방을 가까운 곳에 보관하는 사람도 있다. 시간이 되고 경제력이 될 때 여행을 하는 것이 아니라 처음부터 여행을 삶의 일부로 배정해 놓는 것이다. 그들은 여행의 모든 것을 스스로 기획한다. 시간이 남아돌아서가 아니다. 여행은 계획과 준비, 여정과 도착, 우연과 사건, 그리고 복귀까지 모두 포함되므로 타인에게 맡기지 않는 것일 뿐이다.

문학은 삶의 순간을 포착하고 미미한 것들을 소환해내 중요한 것과 중요하지 않은 것에 대한 관념 자체를 흔들어 놓는다. 비슷비슷한 하루의 반복은 그저 의미 없는 것이 아니다. 표상된 외면을 찢고 들여다볼 때 거대한 새로움이 있다. 문학은 우리의 머릿속에 짧게 스쳐가는 단상이나 눈앞에 빠르게 지나가는 파편적인 모습들을 정밀하고 미묘하게 묘사해 내서 결코 인식할 수 없었던 시간에 대한, 현상에 대한, 기억에 대한 문을 열어놓는 것이다. 그레고리우스가 들여다본 어두운 상점의 진열창은 그가 자신의 모습을 보게 만드는 계기가 된다. 그는 낯선 사람의 시선으로 상점 속 거울에 비친 자신을 바라본다. 자신의 외양에 익숙하다고 생각했지만 다른 사람들에게 보이는 자신의 모습에 대해서는 생소할 수밖에 없는 법이다. 문학은 바로 유리창 안의 거울에 비친 나를 비쳐보게 되는 순간을 마련해 준다, 그것도 아주 경이롭게. 그리고 그 순간은 영원한 것으로 포획된다. 따라서 순간은 결정적인 찰나가 될 수 있다. 프랑스의 사진작가 앙리 카르티에 브레송이 "이 세계에서 결정적인 순간이 아닌 것은 아무것도 없다"고 했듯이 말이다.

이 책은 일상 언어에서 배제된 현상, 혹은 느낌들에 대한 언어의 표현에서 오는 강렬함을 독자와 공유하려는 목적을 가지고 있다. 따라서 각 작품 속의 언어들을 직접 인용한 부분이 많다. 독자들이 각 저자의 고유한 언어의 지평들을 직접 느껴 보기를 바란다. 각 장은 다른 작품들을 개별적으로 다루고 있지 않고 각기 다른 작품들이라고 해도 같은 주제의식의 비슷한, 또는 전혀 다른 표현과 의식을 볼 수 있도록 서로 넘나들고 있다. 따라서 앞에서 이야기한 책들을 뒷장에서 다시 만나기도 한다. 뒤로 갈수록 작품의 제목은 눈에 띄지 않고 작중인물들의 이름들만 보게 될 것이다. 이름들을 보면서 앞장에서 읽은 인물들을 기억해 보는 것도 좋다. 점차 이름들에 익숙해지고 그 인물들과 친해질 것이다. 순서대로 읽기를 권장한다. 그러나 흥미가 가는 부분을 먼저 읽다가 낯선 인물을 만나게 된다면, 앞 장을 훑어보는 것도 좋다.

1장.

언어와 사물

기분 전환이야말로 소설의 깊은 내면의 노래이다. 끊임없이 방향을 바꾸고, 마치 아무 생각이 없는 것처럼 나아가며 어떤 불안한 움직임, 행복한 방식으로 변형되는 움직임을 통해 모든 목표를 피해 가는 것, 이것이 소설이 소설임을 정당화하는 첫 번째로 가장 확실한 증거였다. 인간적 시간을 어떤 유희로 만드는 것, 그 유희를 모든 직접적인 이해관계나 모든 유용성으로부터 해방된, 본질적으로 표면적이지만 그럼에도 불구하고 이 표면의 움직임을 통해서 존재의 모든 것을 빨아들일 수 있을 것 같은 자유로운 작업으로 만드는 것, 이것은 쉬운 일이 아니다. 소설이 오늘날 이와 같은 역할을 충분히 수행하고 있지 않다고 한다면 분명히 그것은 기술이 인간의 시간과 그 시간으로부터 기분 전환을 하는 수단들을 변형시켜 버렸기 때문이다.

—모리스 블랑쇼, 『도래할 책』

느림을 만지다

뉴욕 맨해튼 5번가의 인도에는 일정한 간격으로 동판들이 박혀 있다. 동판마다 새겨져 있는 각기 다른 문인들의 글을 읽으며 따라가다 보면 어느새 뉴욕 도서관에 이르게 된다. 가만히 서서 동판 하나에 새겨진 글을 읽는다.

> 뉴욕 도서관의 열람실에는 여러 종류의 사람들이 조용히 과거나 현재, 혹은 미래에 대한 책을 읽느라 몸을 숙이고 있다. 그들은 침묵에 빠져 상상력의 꽃을 피우고 있다.

미국 시인 리처드 에버하트(Richard Eberhart)의 글이다. 동판의 글들을 읽노라면 대도시의 초고층건물이나 화려한 상점들에 경도되기보다는 이 도시에서 유령이 되어 떠돌 것 같은 작가들을 만날 것만 같은 생각에 이른다. 이렇게 시작되는 독서의 시간은 현실의 시간을 망각하게 만든다. 아니, 현실에 있으면서도 없게 한다. 현실에 육체를 담그고 있지만 나는 더 이상 현실에 존재하지 않고 이미 책 속에 세워진 공간으로 이동한 상태이다. 전혀 다른 시간, 순수한 시간에 속하는 것이다. 현실의 시간은 멈추지 않지만 나와 함께는 흘러가지 않는 시간이다. 나와 상관없이, 나에게 와 닿지 않고 지나가는 것이다.

나는 학생들에게 학교 도서관의 열람실을 한번 배회해 보라는 이야기를 한다. 책에서 나오는 오래된 먼지 냄새와 책이 가진 질감을 손끝으로 오래오래 느껴 보고, 우연히 눈에 들어오는 문학 서적 한 권의 표지를 펼쳐 보라고 말한다. 먼지가 일어나는 순간 빛 속에서 춤을 추는 모습이 보일 것이다. 그때가 책의 마술이 시작되는 순간이다. 책에는 잊힌 동물들과 멸종한 종족 체계에 의해 추방당해 몸을 숨긴 또 다른 동물들이 숨어 있다.* 책을 펼치는 순간 독자에게로 튀어나와 자신들의 존재를 알린다. 첫 줄을 읽어 보라. 마술에 걸릴 시간을 자신에게 내어 주자. 낯선 장소에 도착해서 지도를 펼치고 길을 찾아야 하는 것과 꼭 같이 낯선 이야기 속으로 빠져들 시간은 필요하다. "문학은 수취인도, 자신을 동반하는 주인도 없이 바람이 부는 진열대에서 작은 독서공간에 이르기까지 인쇄된 다발들의 형태로 여기저기를 옮겨 다니며 원하는 사람 누구에게나 상황들과 인물들 및 표현들을 제공한다"(『문학의 정치』, 24쪽). 첫 줄의 마술이 통하면 제자리에서 꼼짝도

---

* 이탈로 칼비노의 『보이지 않는 도시들』 가운데 「숨겨진 도시들 4」에는 도시의 역사가 시작된 이래 도시를 차지하기 위하여 인간이 여러 동물들—콘도르, 뱀들, 거미, 파리, 흰개미, 쥐—과 경쟁을 벌였으며, 이들은 인간들에게 굴복하여 사라져 갔다는 이야기가 나온다. 그런데 멸종한 종족 체계에서 추방당한 뒤에도 외딴 은신처에 몸을 숨기고 있던 또 다른 상상과 전설속의 동물들— 스핑크스, 그리핀, 키메라, 하르피이아, 히드라, 유니콘, 코카트리케 같은—은 다른 곳이 아닌, 초판본 서적이 보관되어 있는 도서관의 지하에서 다시 빛을 보게 되었다. 책 속에서, 책을 통해, 책을 펼칠 독자들에게 출몰한다는 것이 아닐까? (200~202쪽 참조)

못하고 몸을 구부려 그 여정에 동참하게 될 것이다. 목적지, 즉 책의 결말에 도달하기 위해서가 아니라 말의 행위가 채우고 있는 사건에 개입하여 온전히 작중 인물들의 감정을 느끼기 위해서이다. 그레고리우스처럼 단 몇 장을 남겨 두고 다 읽어 가는 책 앞에서 마지막 문장을 두려워할지도 모른다. 그 문장에 맞닥뜨려야 한다는 생각에 고통스러워져 망설이고 읽기를 늦추게 될 수도 있다. 그리고 시선은 되도록 천천히 움직이게 할 것이다. 이것이 문학과 놀이하는 방법이다.

그리고 이런 느림의 속성이 문학에 어울리기 때문에 사람들은 더욱이 문학을 즐기지 못하는 것일 수도 있다. 책을 펼치는 순간, 독자의 속도와 리듬으로 이야기를 따라가는 것이 보통이지만, 어떤 경우에는 저자가 고의적으로 독자를 서성거리게도 만든다. 독서를 진정 놀이로써 즐기려면 책을 펼치는 순간, 늦추거나 당기는 언어의 마술을 한 줄 한 줄 따라가야 한다. 이미지가 범람하는 요즘, 타인과의 의사소통을 어려워하는 사람들을 자주 본다. 다수의 사람들이 잘 읽지 않는다. 읽어도 띄엄띄엄 건너뛰며 읽는 버릇이 생겼다. 결국 말하는 법을 잊어버린다. 그리고 잘 듣지도 않는다. 귀 기울여 끝까지 듣는 집중력을 잃어버리면서 점차 상대의 의중을 알아차리는 것도 어려워졌다.

아무런 제약도 없이 내 독서 수준과 취향에 따라 끝도 없이 책을 읽을 수 있는 순간은 학생 때였다. 나는 도서관과 서점을 번갈아 다니며 책 속에 빠져들었다. 열렬한 독서광이어서가 아니라, 어린 시절의 놀이터를 대신할 수 있는 곳이었기 때문이다. 나는 읽거나 구입할 책을 정해서 도서관이나 서점에 가지 않았다. 그날의 기분에 따라 장르를 고르고 제목을 바라본다. 제목은 책의 얼굴이다. 물론 간단히 들춰 본 책의 내용이 제목과 어울리지 않는 경우도 있다. 그런 경우에는 책을 내려놓기도 하지만, 호기심에 일부터 선택하기도 한다. 대신 시작이 아주 좋은 글들을 찾는다. 혹은 유난히 마음을 끄는 어휘들 때문에 책을 선택하기도 한다. 그것이 책을 읽기 전에 내가 놀이하는 방식이다. 나는 혼자 깨어 있는 한밤중이나 비가 끊임없이 쏟아지는 날에 책들이 드리우는 그림자를 본다. 마르코 폴로가 이야기해 주는 지하 도서관에 출몰한 상상의 동물처럼, 나는 책들의 부름을 듣는다. 그것은 하나의 유혹이다. 책들은 바로 여기의 나를 떠나게 해준다. 여행은 언제나 매끄럽지만은 않다. 실제의 여행이 설렘뿐만 아니라 불안과 공포를 안겨줄 때가 있듯이, 책 또한 어디쯤에서 덮어야 하는 순간이 있다. 잘못 고른 것이다. 잘못 골랐다는 의미가 무엇일까? 앞이 훤히 보이는 여정이라 재미가 없는 것일 수도 있고, 몰입이 안 되는 것일 수도 있다. 실제 여행에서 낯선 모험보다 익숙한 편리함이 그리워 몇 번이고 집으로 되돌아갈 생각을 하는 순간처럼, 잠시 망설인다. 어떻게 할 것인가? 독서의 경우, 나는 책을 덮어 버린다. 어째서 억지로 읽는단 말인가? 그렇게 읽는 책은 재미를 주지도, 교육적 효과를 일으키지도 않는다.

오늘날의 독자들은 나처럼 이렇게 실패하지 않기 위해 미리 서평을 찾아 읽을 것이다. 안전한 독서를 하고 싶은 독자를 위해 인터넷 서점에는 모든 책들에 대한 다른 독자들의 평이 실려 있다. 아마 이런 평들을 읽느라 또 다른 시간을 소요하고 있을지도 모른다. 물론 그만큼 많은 책들이 쏟아져 나온다. 다 읽을 수도 없으며, 그럴 필요도 없다. 그런데 문제는 자신의 기호와 취향을 타인의 취향에 모두 맡긴다면, 책을 고르는 재미 하나는 잃어버린다는 것이다. 스스로에게 발견할 시간을 주지 못한다는 것은 자신을 믿지 못하는 것이다. 그렇기 때문에 타인의 취향에 맞춰 고른 책이 재미있는 경우는 그리 많지 않다. 그렇다고 자신의 취향과 기호를 확정지어서도 안 된다. 취향과 기호는 확장되게 마련이다. 자신에게 모험할 기회만 준다면 귀도 열리고, 뇌도 열린다. 그러니 한 가지 종류를 고집하지 말고 그 경계를 뛰어넘어 보자. 덮어 버리고 싶은 책 앞에서 잠시 서성거려 보자.

여행이 마냥 즐겁지만은 않은 몇 가지 이유가 더 있다. 길을 잃어버려 말이 통하지 않는 손짓으로 물어야 할 때가 있으며, 현지 식수가 맞지 않아 알레르기를 일으킬 때도 있다. 고될 때도 물론 있다. 이런 것들이 여행을 후회하게 만든다. 그러다가도 차편이 없어서, 비행기가 뜨지 않아서 돌아갈 수 없음에 안도한다. 드디어 남겨 두고 온 것들로부터 몸을 돌려 새로운 장소를 찬찬히 바라본다. 잠을 이룰 수 없어 자정이 지나 찾아 나선 카페 안에서 발견한 그 지역의 사람을 보면서 "이 남자로 사는 느낌은 어떨까?"라며, 그의 뒤를 밟아 보기도 한다(『리스본행 야간열차』). 이와 마찬가지로 문학작품은 바로 내가 아닌 다른 사람으로 사는 것이 어떤 것인지를 보여 준다. 영국의 낭만주의 시인 존 키츠에 관한 영화 「브라이트 스타」에서 여주인공 패니 브론은 키츠가 어떤 사람인지 알고 싶어 그가 쓴 『앤디미온』(*Endymion*)을 구입한다. 손에 넣은 시집을 읽기 전에 책표지를 매만지다가 펼치는 장면은 아주 인상적일 정도로 침묵으로 일관되고 느리다. 마치 책이라는 물질을 통해 작가의 정신세계를 들여다볼 수 있는 것처럼 비친다. 그러나 패니 브론이 키츠의 시를 단번에 이해할 수 있는 것은 아니었다. 그녀는 단지 자신에 대해 희망을 가지고 있었다. 지금은 훌륭하게 옷을 만들 수 있지만 그녀가 항상 바느질을 잘했던 것은 아니었다. 키츠의 시를 이해하는 데에도 바느질과 마찬가지로 연습이 도움을 줄 것이다. 어떤 것을 이해하기 위해서는 연습과 노력이 필요하다. 그녀는 시를 배우기 시작한다.

나는 아주 오래된 책들만 모아둔 서가를 들여다본다. 오래된 책들 중에는 특히 소설들이 많다. 나는 인생의 한 시기에 많은 소설들을 읽었던 것 같다. 로제 마르탱 뒤 가르의 『티보 가의 사람들』이 눈에 띄었다. 그 책은 가물가물한 기억 하나를 불러다 준다. 그러나 나의 기억을 배반하는 책이기도 하다. 『티보 가의 사람들』 1부인 「회색노트」에서 자크는 다니엘과 편지 형식의 회색노트를 주고받는다. 그들은 번갈아 편지를 쓰는 방식의 노트를 '회색노트'라 불렀고, 여기에 청소년기의 소년들끼리 가질 수 있는 애정을 담아내었다. 나는 1부와 2부를 찾아내어 단숨에 읽었다. 그러나 이 독서를 통해 나의 기억이 편집됐다는 사실을 알게 되었다. 회색노트는 그 자체로의 의미를 가지고 있기보다는 자크에게 가출의 동기가 되고, 가출은 자크의 아버지를 화나게 만든다. 가출한 후 잡혀 돌아와서도 반성하는 기미를 보이지 않자 자크의 아버지는 극도로 분노한다. 회색노트는 소설 전개의 시발점이었던 것이다. 그러나 이 책을 다시 읽을 때까지도 오로지 회색노트만이 내 기억의 전경(前景)에 있었다. 나는 이 소설에서 착상한 교환식의 노트를 한동안 썼었다. 내가 썼지만 사실 내용은 전혀 기억나지 않는다. 그러나 그 기록이 내게 영향을 주었다는 것 정도는 상상이 된다. 누군가와 자신의 생각을 나눈다는 것은 깊은 정신적 교감을 갖게 한다. 기록을 하는 과정에서 나의 생각을 들여다보고 정리할 수 있었을 것이고, 타인의 글에서는 내가 그때까지 가닿지 못한 생각과 느낌에 대해 고양되었을 것이다. 그때의 나와 지금의 나는 같은 소설에서 어떤 다른 것을 기대했을까?

떠나기 위해서, 떠나지 못해서

내가 책을 읽는 이유가 다른 이들에게는 모호하게 들릴 수도 있다. 창밖을 바라보거나 길을 걸을 때 나는 공(空), 즉 빈 공간에 빨려 들어가는 기분에 종종 빠지는데, 그것은 마치 이 세계에 속해 있는 것 같지 않은 느낌이다. 문학은 바로 이러한 빈 공간에 새로운 장소와 이름을 만들어 넣은 건축물과도 같다. 원래 존재하지 않았던 것이 아니라 단지 보이지 않고, 묻히고, 잊혀진 세계를 복원해 낸 것만 같다. 이탈로 칼비노의 『보이지 않는 도시들』에서 마르코 폴로가 쿠빌라이 칸에게 묘사하는 도시들은 이야기를 통해 모습을 드러낸다. 원래 존재하지 않은 도시들이 그의 언어에 의해 드러났다 사라지는 모습은 화려하고 거대한 정원에만 앉아 있는 쿠빌라이 칸에게는 이국적이고 신비하다.

마르코 폴로는 쿠빌라이 칸의 정원에서 자신이 여행하며 다닌 도시들에 대해 이야기한다. 그는 여행을 떠났다 돌아왔으며, 자신의 이야기를 통해 언제나 다시 길을 떠난다. 나는 그렇게 길을 열고 도시와 건물을 축조해 내는 작가들을 떠올린다. 흔히 예술가를 두고 삶의 심각성에서 벗어나 자신의 작업에서 편리한 삶의 순간을 찾는다고 사람들은 말한다(블랑쇼, 『문학의 공간』, 61쪽). 그러나 정작 예술가는 자신이 속한 세계에서 자신의 주인이 아니라 자신의 부재를 느낀다. 어찌 보면 우리 모두가 세계 속의 부적응자이다. 그렇다 해도 어떤 순간 삶의 바깥으로 내몰리는 듯한 절대 고독과 마주하는 다른 사람들과 달리, 예술가는 스스로를 삶의 바깥으로 몰아낸다. 나아가 아무것도 할 수 없는 순간으로, 더 이상 그 자신이 아닌 순간으로 열어주는 요구에 직면한다(『문학의 공간』, 같은 쪽). 그 절박한 내면의 요구로 축조한 세계는 자신의 칩거를 위한 공간이 아니라 독자의 비좁은 현실세계를 예술가의 세계로 확장시켜 주는 것이다.

그런 의미에서 모든 책은 여행에 관한 것이다. 여행을 떠나고 다시금 돌아온다. 그러나 돌아왔을 때의 그는 이미 떠날 때의 그가 아니다. 그는 달라져 있다. 나는 리스본으로 떠난 그레고리우스를 눈으로 따라가거나, 캔터베리로 성지 순례를 떠나기 위해 타바드 여관에 모인 삼십 명의 사람들 속에 들어가 섞여 본다. 떠나지 못하는 사람들의 이야기, 제임스 조이스의 『더블린 사람들』조차 떠나고자 하는 사람들에 관한 책이다. 실제로 길을 떠나는 것은 어렵다. 삶에 붙들려 있으며, 붙들려 있는 삶을 저주하면서도 어쩌지 못한다. 그렇기에 더더욱 자신의 상황에서 벗어나고 싶어 하며, 떠나고 싶다 해서 어느 날 그냥 일어나 떠난다는 것은 상상도 할 수 없는 일이다. 그런 감정을 위험하다고 여기기까지 한다. 『리스본행 야간열차』에서 그레고리우스에 대한 묘사가 긴 것도 그 때문이다. 그는 그가 몸담은 학교에서 가장 믿을 만한 사람이다. 30년 이상 일을 해오면서 실수한 적도,

비난받을 일을 한 적도 없다. 지루한 선생일지라도 존경받는 인물이었다. 그의 해박한 지식은 두려움의 대상이기도 했다. 그런 그가 어느 날 그냥 자리에서 일어나 학교를 나온다. 아니, 물론 그날 아침 비바람을 맞으면서 다리 난간에 기대어 서 있던 빨간 코트를 입은 여자를 만났던 것이 시작이었다. 마치 스티븐 디덜러스**가 바닷가에서 학의 다리처럼 섬세한 한 소녀의 종아리를 보고 아일랜드를 떠나기로 결심하듯 말이다. 그는 소녀의 모습에서 황홀함을 느끼고는 살고, 실수하고, 타락하고, 승리하고, 삶으로부터 삶을 재창조하리라 결심한다.

그레고리우스는 아침에 만났던 포르투갈 여자를 볼 수 있을까 해서 에스파냐 서점에 들렀다가 학생으로 보이는 여자 손님이 망설이다 사지 않은 책을 집어 든다. 표지를 펼치는 순간 그는 부드러움과 대담함과 고집이 섞여 있는 저자의 그늘진 검은 눈에 매료되었고, 무엇보다 고전문헌학자인 그가 이해하지 못하는 외국어 앞에서 리스본으로 떠날 충동을 느낀다. 다니던 학교에 계속 찾아가 계단에 앉아 '다른 삶을 살았더라면 어땠을까' 상상하던 아마데우 프라두의 글귀를 읽으면서, 그레고리우스는 마음에서 일어나는 동요를 느낀다. 그는 자신의 것일 수도 있었을 삶을, 혹은 그런 한순간을 살고 있는 누군가를 만난 것이다. 그는 사람들에게 원하는 삶을 살았다고 대답하곤 했지만, 그 대답 속에는 반항적인 태도가 담겨 있었다. 그것은 확

** 스티븐 디덜러스는 제임스 조이스의 『젊은 예술가의 초상』의 중심인물로, 젊은 조이스 자신의 거울이라 할 수 있는 예민하고 사려 깊은 청년이다. 성장하면서 민족이니, 종교니, 가족이니, 도덕이니 하는 문제들을 해결하려고 해보지만, 결국 사회적으로 부과된 굴레를 벗어버리고 자유롭게 예술가의 길을 가겠다고 결심한다.

답할 수 있는 성질의 것이 아니다. 그레고리우스가 오롯이 바쳐 온 학교생활은 하나의 가능성, 우연한 현실일 뿐인 것이다. 그는 마르코 폴로처럼 계속 나아가야 한다. 마르코는 그의 다른 과거, 혹은 그의 미래일 수도 있었고 이제는 다른 누군가의 현재가 되어 버린 무엇인가가 그를 기다리고 있는 다른 도시까지 계속해서 가야만 하는 것이다(이탈로 칼비노, 『보이지 않는 도시들』, 40쪽). 그레고리우스 또한 마르코 폴로처럼 자신이 갖지 못했고 앞으로도 가질 수 없는 수많은 것들을 발견해야 한다. 자신에게 동요를 일으킨 아마데우의 책을 이대로 덮고 만다면 그의 미래는 실현되지 않을 것이다. 뒤에서 자세히 다룰 『프랑스 중위의 여자』의 저자 존 파울즈나 「두 갈래로 갈라지는 오솔길들의 정원」의 저자 호르헤 루이스 보르헤스가 여러 가지로 달라질 수 있는 이야기의 가능성을 독자들에게 펼쳐 보인 것은 그러한 이유에서다. 이것은 흥미진진한 이야기를 꺼내 놓는 이야기꾼이 관중의 표정을 보면서 그때마다 즉흥적으로 이야기의 결말을 정할 수 있는 다양성이기도 하다.

『리스본행 야간열차』는 책에 대한 책이다. 책 한 권에서 여행을 시작하여, 스위스 베른과 포르투갈 리스본 사이의 간격에 무지(無知)를 새기면서까지 철저히 리스본에 머물면서 이국어로 써 있는 책을 한 자 한 자 정성들여 번역하며 의미를 새기는 라이문트 그레고리우스에 관한 이야기다. 그리고 그레고리우스가 번역해 내는 책의 주인, 아마데우 프라두에 대한 이야기다. 모든 것을 기억에 새겨 놓은 아마데우의 여동생 아드리아나가 보존해 온 오빠의 서재와 병원, 서점, 언어에 대한 이야기다. 신성한 제단처럼 모셔 둔 서재는 이 책을 읽는 독자조차 조심스럽고 주의 깊게 만든다. 마치 책을 읽는 것이 아니라 책을 다뤄야 하듯이 절대로 속력을 낼 수가 없다. 언어를 번역해 내는 그레고리우스의 호흡을 따라갈 수밖에 없다. 이처럼 독서행위 또한 책의 첫 장에서 마지막 장까지 이르는 여행이다. 그리고 그 여행은 책이 부리는 마술 때문에 지연되기도 하며 속도를 내기도 한다. 책의 쪽수는 절대 독서시간을 정해 놓을 수 없다. 읽어 나가다가도 무엇을 놓친 듯 다시 앞 장을 뒤적여야 한다.

문학 연구에서는 스토리와 플롯이 구분되지만, 유난히 줄거리가 도드라지는 책도 있고, 줄거리보다 행간 행간의 언어적 표현을 기억해야 하는 책도 있다. 줄거리만으로 그 책을 전부 다 알 수 있다고 이야기할 수 없는 경우가 있는데, 그레고리우스가 해독하는 아마데우 프라두의 『언어의 연금술사』가 그런 책이다. 한밤중에 자신의 안과의사 독시아데스에게 전화를 걸었을 때, "지금 어디죠?"라는 그의 질문에 뭐라 설명할 수 있는 분명한 말이 없어 뻣뻣한 말투로 더듬거리면서 그레고리우스가 느꼈던 막연함. 그레고리우스는 오랜 세월 지속된 두 사람 사이의 신뢰감에도 불구하고 이 감정에 상응할 적당한 말을 찾지 못한다. 아침에 마주친 포르투갈 여자, 그 여자가 잊어버릴까 봐 그레고리우스의 이마에 적었던 전화번호, 사진 속 아마데우 프라두의 얼굴이 준 충격, 그의 언어가 들려주는 내적인 목소리를 어떻게 독시아데스에게 설명할 수가 있었겠는가? 그가 경험한 느낌들은 책에 빠진 그레고리우스가 어머니를 이해시킬 수 없었을 때와 마찬가지로 결정적인 말에 담기지 않는다. 이렇듯 언어는 양면성을 지닌다. 어떤 느낌인지 의식조차 하지 않았던 것들이 언어에 의해 윤곽이

잡힐 때가 있으며, 반면에 아무리 느낌을 잡아내어 표현하려 하여도 설명되지 않는 경우가 있다. 언어는 증명하는 것이 아니라 해석하는 것이기 때문이다. 우리는 언어를 통해 생각을 하지만, 언어의 주변만을 맴도는 생각과 감각을 흘려보낸다. 그것들을 주워 올려 표현해 낸 작가의 글을 통해 독자는 자신이 사용했던 언어를 지나 새로운 언어의 세계로 들어갈 수 있다. 아마데우가 성서가 아닌 다른 책들에서도 언어를 발견하게 되고, 그 언어가 낯선 모든 언어를 곰곰이 생각하고 자기만의 언어를 버릴 때까지 그의 안에서 무성히 자랐던 것처럼, 독서를 통한 언어는 독자의 마음속에서 무성하게 자랄 것이다.

놓친 기억과 만나는 순간

방금 나는 책상 앞에서 식후의 졸음을 참고 있었다. 오후에 내리비치는 햇살이 커피의 효능마저 상실하게 만들었다. 언뜻 꿈을 꾼 것 같기도 하다. 그레고리우스와 프라두, 자크와 타바드 여관이 잠결에 스쳐가는 것 같다. 갈까마귀의 방문이 있었던 것은 아니지만, 소설의 픽션적 요소들은 반쯤 졸던 나를 충분히 행복하게 만든다. 에드거 앨런 포의 시, 「갈까마귀」의 화자도 피로와 슬픔에 젖어 잊혀진 전설의 기묘하고 신비로운 이야기책을 생각하다가 잠이 든다. 그렇게 시작이 되었다. 문 두드리는 소리를 듣게 되고, 잠결인지 알 수 없는 순간에 갈까마귀의 방문을 받는다. 방금 전까지 읽었던 책과 사랑하는 레어노어를 잃은 데 대한 상실감이 결합된 와중에 방안으로 날아든 새가 레어노어와 비슷한 "네버모어"(Nevermore)라고 말하는 순간 화자에게 신비로운 '예언자'의 존재가 된다. 나도 그와 같이 현실의 사물세계에 몸담고 있었지만 이미 책에 도취되어 책 속의 삶을 책 밖으로까지 데려와 전유한다. 가끔 현실이 더 낯설 때도 있다.

그렇다. 내가 책을 읽었던 이유는 모리스 블랑쇼가 말한 '기분전환'을 넘어 없는 공간이 아니라 다른 차원의 이질적인 공간에 머물 수 있어서였다. 그러나 그것은 현실의 회피와는 거리가 있다. 문학은 나로 하여금 현실 속에 안주해 있기 때문에 객관적으로 보지 못하는 현실을 진부하지 않은 언어를 통해 마주하게 한다. 비로소 내 앞의 보편적인 현실은 고유성의 옷을 입고 새로운 삶으로 변화된다. 그러니 환상, 혹은 허구라고 비웃기에는 적절하지 않다. 내가 책을 읽었던 또 다른 이유는 문학이 보잘것없는 일상적 삶을 진지하게 다루기 때문이며, 일상의 사물을 묘사하고 있음에도 불구하고 낯설고 새로운 관점을 불러일으켜 주었기 때문이다. 아마데우가 그랬던 것처럼, 녹음기가 자신이 한 말을 박제한다고 생각해 본 적이 있던가? 자신의 목소리를 바깥에서 듣고 싶지 않다고 생각해 본 적이 있던가? 기술을 신기해하거나 이제는 당연한 것으로 여기지만, 나도 어릴 때 녹음기를 통해 흘러나오는 나의 목소리를 들을 때면 내가 내뱉을 때와는 다른 변조된 느낌을 받았다. 그것은 진짜 내 목소리가 아닌, 기계의 개입과 혼성된 외계의 목소리였다. 아마데우는 녹음기가 아니어도 지금 상태로도 자기는 충분히 혐오스럽다고 말했다. 보통 자기의 말이 잊혀지리라는 것을 알기 때문에 자유롭게 말하는 것인데 별로 생각하지 않고 이야기한 말들과 경박한 말들이 모두 보관된다는 것은 끔찍한 일이 아닐 수가 없다. 이와 같이 당연하고 사소한 사물을 새롭고

독특하게 해석해 전달해 주는 것이 문학이다. 내 오감을 자극하고 상상력을 끌어오는 그 오묘한 세계는 결국 아무 일도 일어나지 않는 평범한 일상 속의 풍경과 사물들을 통해서 창작된다.

낮잠을 자던 앨리스가 토끼를 따라 들어간 구멍의 판타지 세계는 공상일 뿐일까? 앨리스에게 "이런! 이런 너무 늦겠는걸!"이라고 중얼거리는 토끼가 이상하지 않게 여겨진 것처럼, 현실과 픽션의 경계가 모호해지는 순간이 있다. 앨리스는 토끼가 조끼 주머니에서 시계를 꺼내어 시간을 확인하고 허둥지둥 달려가는 걸 보고서야 평범한 것과 이상한 것의 차이를 깨닫고 자리에서 일어난다. 토끼가 조끼를 입고 있다거나 조끼 주머니에서 시계를 꺼내어 시간을 확인한다는 것은 도무지 현실에서는 있을 수 없는 조합인 것이다. 순간 토끼의 뒤를 쫓아 내달리기 시작한 앨리스는 산울타리 밑에 있는 커다란 토끼 굴속으로 들어가는 토끼를 겨우 따라잡는다. 그리고 나중에 그곳을 어떻게 빠져나올지 생각도 하지 않고 토끼를 따라 들어간다. 이것이 독서의 세계로 빠져 들어가는 순간이다. 평범한 것과 이상한 것, 현실과 환상이 자연스레 이어지는 것이다. 그리고 이런 현실과 환상의 경험을 어린 아이들만 하는 것은 아니다. 어른들은 접어두었거나, 잊어버렸거나, 인정하기 싫은 것뿐이다. 내가 어릴 때 살던 동네의 낮은 뒷동산에는 나무가 많지 않아서인지 비가 와서 생긴 얕은 동굴이 있었다. 어린 아이 두어 명이 앉으면 비를 겨우 피할 정도였으니까 동굴이라고 부를 것까지도 없었다. 친구들과 나는 그곳에 쭈그리고 앉아 아래를 내려다보곤 했었는데, 특히 소나기가 한 차례 내리는 날이면 비가 그칠 때까지 몇 시간 씩 비가 내리는 모습을 바라보곤 했다. 그곳에서 바라보는 세계는 바로 공(空), 빈 공간이었는데, 나와는 동떨어진 시공간 속에 있는 듯 신비감을 내재한 것 같았다. 아주 한참 뒤에 헨리 데이비드 소로의 『월든』을 읽게 되었을 때, 이런 이상한 감상이 나만의 것이 아니라 시대와 공간을 초월하는 공통의 정서임을 알고 무척 경이로워했던 기억이 있다.

> 인류가 탄생한 초창기에 모험심 많은 한 인간이 동굴을 안식처로 삼았던 시대를 상상해 보자. 어린아이는 인류가 탄생한 초창기에 인간이 보인 행동을 반복하며 비가 오거나 추운 날씨에도 야외에 있고 싶어 한다. 본능적으로 어린아이는 말타기도 하고 집짓기도 한다. 어렸을 때 평평한 돌이나 동굴 입구에 흥미를 느끼지 않은 사람이 있는가? 우리 속에는 우리의 가장 원시적인 조상들이 가졌던 본능의 일부가 아직 살아 숨 쉬고 있다. 우리는 동굴에서 벗어나 종려나무 잎사귀로 지붕을 만들게 되었고 다시 나뭇가지와 직조된 아마포, 풀과 짚, 판자와 금속, 돌과 도기를 사용하게 되었다. 그리고 마침내 야외에서의 삶이 무엇인지 잊어버리게 되었고 삶은 여러 가지 의미에서 우리 생각보다 훨씬 더 가정적인 것이 되었다. (헨리 데이비드 소로, 『월든』, 66쪽)

이렇게 보면 아이들은 어리석은 게 아니라 자연에, 본능에 더 가까운 것뿐이다. 이러한 공감은 어른이 되는 과정에서 어린아이의 흔적이 빠져나가듯이 사라진다. 아니다, 어린아이의 흔적은 빠져나가는 것이 아니라 억제하도록 사회적으로 강요된 것이다. 그래서일까? 파스칼 키냐르는 『떠도는 그림자들』에서 인간이 혼란 속에서도 자신과 더불어 사라지게 될 유년기만을 몽상한다고 쓰고 있다(파스칼 키냐르, 『떠도는 그림자들』, 26쪽).

시는 원시적이고 근원적인 단계에 속해 있다. 그것은 어린아이, 동물, 원시인, 예언자 등이 마음대로 넘나드는 꿈, 매혹, 황홀, 웃음의 영역이다. 시를 이해하기 위해 우리는 마법 망토처럼 아이들의 영혼을 입어야 하며, 어른의 지혜를 내던지고 아이들의 지혜를 얻어야 한다(『호모 루덴스』, 232쪽). 소로는 미국 매사추세츠의 콩코드 지역에서 조금 떨어진 월든 호수 옆에 오두막집을 짓고 실험적인 자연생활을 했던 작가이다. 그에 따르면, 인류가 동굴로부터 점차 발전하여 집을 가지게 되면서 인류는 여러 의미에서 가정적이 되었는데, 이런 변화와 발전이 소로가 볼 때는 인간을 더 어렵고, 복잡하며, 빈궁하고 불행하게 만들었다.

내가 어린 시절에 대해 가지고 있는 기억은 사라진 것이 아니라 마치 잠금장치에 의해 어딘가에 보관되고 있다가 문학과 만나는 순간 공감을 일으킬 때마다 잠금장치를 풀고 나오는 듯싶다. 『더블린 사람들』에 실린 단편 「애러비」는 지극히 현실의 사물들을 묘사하지만 소년의 환상이 구석구석 스며 있다. 자신의 집에서 세상을 떠난 신부가 남겨 둔 습기로 축축해진 책들과 세 들어 살던 다른 사람이 쓰던 녹슨 자전거펌프, 그리고 소년이 겨울 저녁 친구들과 만나 노는 일상의 거리는 흐릿한 과거의 기억, 꿈처럼 그려진다.

겨울 해가 짧아지자, 저녁식사를 마치기도 전에 땅거미가 졌다. 우리가 거리에서 만났을 때, 집들은 벌써 어둠에 싸여 있었다. 머리 위의 넓은 하늘은 끝없이 변해 가는 보랏빛이었고, 그 하늘을 향해 가로등들이 희미한 불빛을 쳐들고 있었다. 차가운 공기가 살을 에는 듯했지만, 우리는 몸이 활활 타오를 때까지 뛰어놀았다. 우리들의 고함 소리가 조용한 거리에 메아리쳤다. 놀다가 보면 우리는 집 뒤에 있는 캄캄한 진흙투성이 골목으로 뛰어들어가게 되었는데, 거기서 우리는 오두막집에서 튀어나온 거친 패거리들의 공격을 양쪽에 받고, 잿간에서 악취가 풍겨 올라오는 어둡고 물이 뚝뚝 떨어지는, 뜰로 들어가는 뒷문이나 마부가 말의 털을 문질러 주며 빗질을 해주거나 죔쇠가 달린 마구를 흔들어 소리를 내고 있는 어둡고 냄새나는 마구간까지 달려가곤 했다. 우리들이 큰 거리로 되돌아오자 부엌 창문으로부터 새어나오는 불빛이 그 근방 일대를 훤히 비추고 있었다. (제임스 조이스, 『더블린 사람들』, 43쪽)

사춘기의 소년이 또래친구의 누나를 좋아하는 데에서 생겨난 설렘은 실제 사물들을 비현실적인 것들로 전환시킨다.

그녀는 내 쪽으로 머리를 숙인 채 난간의 기둥 하나를 붙잡고 있었다. 우리 집 문 맞은편에 있는 가로등 불빛이 그녀의 흰 목덜미의 곡선을 지나 어깨 위의 머리칼을 비추었고, 다시 그 빛은 난간 위의 그녀의 손을 비추었다. 그 불빛은 그녀의 한쪽 옷자락을 비추었고, 그녀가 편안히 서 있을 때는 보일 듯 말 듯 속치마의 하얀 가장자리를 비추었다. (『더블린 사람들』, 45쪽)

소년이 꿈꾸듯 바라보는 소녀로 인해 그의 몸은 마치 하프와 같았고, 그녀의 말과 몸짓은 그 하프의 줄을 튕기는 손가락과 같았다. 로맨스와 거리가 먼 술주정꾼들과 물건을 흥정하는 여인들, 돼지의 볼살을 넣은 통 옆에서 점원들이 외치는 소리, 조국의 고통을 노래하는 민요를 부르는 시장통에서도 소년은 친구 누나를 떠올린다. 그녀의 존재는 마치 수많은 적의 무리 속을 뚫고 소년이 무사히 운반해 가는 성배와 같았다.

베른하르트 슐링크의 『귀향』만 해도 어린 시절은 아름답고 슬프게 편집되어 있다는 것을 보여 준다. 환한 식탁, 쑥 내려온 등불, 그리고 식탁을 뺀 나머지 공간의 어둠. 그 시간에 책을 읽거나 시를 외우거나 어머니에게 편지를 쓰거나 방학 숙제로 일기를 썼다는 화자다(베른하르트 슐링크, 『귀향』, 43쪽). 추운 겨울 조부모님 댁의 조용한 집 풍경이야말로 어린아이의 방학, 슐링크가 표현한 대로 깊고 잔잔하게 숨을 들이마셨다가 내쉬는 시간이자 반복되는 삶에 대한 약속이다. "아주 사소한 부분만 다르게 일어날 뿐 항상 똑같이 반복되는 그런 삶, 전체적으로는 줄지어 고르게 굴러가지만 어떤 것도 방금 지나간 것과 똑같지 않은 파도 같은 삶"(『귀향』, 49쪽)인 것이다.

이 소설에는 화자 페터 데바우어의 할아버지가 겪는 두통에 대한 상세한 묘사가 나온다. 할아버지는 언젠가 손주인 화자에게 평생 두통에 시달려 왔다고 이야기한다. 왼쪽 귀 위의 관자놀이에서 뒤통수로 돌아가는 부분이 "머리에 깃털을 꽂아놓은 듯" 아프다는 것이다. 할아버지는 '우울증'이라는 말을 모르셨던 것이다. 슬픔과 고독, 두려움 따위에도 하나의 물건처럼 이름을 붙일 수 있다는 것을 모르던 시절이었다고 화자는 회상한다. 우울증과 슬픔, 또는 고독이 원래부터 존재했던 언어가 아니라는 사실을 이미 흔한 일상어가 되어 버린 지금 어떻게 알 수 있겠는가? 문학은 의학이 신체를 공간적으로 분류하기의 방식으로 발전해 오면서 신체 부위에 발생하는 질병에 이름 붙여 온 역사를 지나가는 투로 사사롭게 전해 준다. 그것이 문학의 역할이다. 누군가에게는 사사로워서 스쳐 지나갈 수도 있지만, 결국에 다른 누군가에게는 중요한 발견이며, 그 발견은 중요한 진리로 기입되는 것이다.

낯선 언어, 행복감

'머리에 깃털을 꽂아 놓은 듯이 아프다'는 표현은 감각적이지만 낯선 비유이자 새로운 질감이다. 그 느낌을 상상해 보는 것으로 벌써 귀가 간지럽다. 적확한 표현을 생각해 내지 못한 독자가, 그리고 생각해 볼 기회를 갖지 못한 독자가, 저자가 이해하고 조명한 세계와 마주했을 때 그동안 느껴 보지 못한 감정이 솟구쳐 오른다. 언어의 불확실성에도 불구하고 언어는 세계를 그려내기 때문이다. 똑같은 사물이 전혀 예측하지 못한 낱말들과 결합되는 순간의 경이로움. 독서에서 찾은 생경한 풍경은 독자를 주목하게 하는 것으로 끝나지 않는다. 언어에서 주는 새로운 영감에 의해 독서활동에서 빠져나와 일상세계를 바라보았을 때 독자는 다시 새롭게 사물을 바라본다. 독서는 단순히 언어로 된 풍경을 구경만 하는 것이 아니다. 포개어진 감정의 조각들을 발견하게 되고 숨은 기쁨을 알아 가는 것이다. 그것은 자신의 신체라는 유한한 공간을 무너뜨리는 것이기도 하다. 그리고 자신이 활동하고 있는 공간의 막을 찢어내는 것이기도 하다. 그렇게 펼쳐진 공간에서 독자는 경이로운 발견을 할 수 있는 것이다.

이렇듯 어떤 책에서는 한동안 살았던 이국의 고장에서 맡았던 유칼립투스의 냄새를 떠올릴 수 있으며, 어떤 책에서는 낯선 도시를 떠나 공항으로 가는 안개 낀 새벽녘의 버스에서 느꼈던 아련하고 저린 감정을 읽는다. 페터 데바우어의 어린 시절의 기억, 그 속에 간직된 몇 가지 향, 욕실에서 나는 할머니의 오 드 투알레트 향수, 할아버지 서재의 관상식물 스파르마니아, 할아버지 집 특유의 여름 정적과 여름 소리, 그리고 여름 냄새는 냄새에 대한 나의 기억을 일깨운다. 나는 기숙사 근처의 빵집에서 산 라즈베리 타르트 봉투를 들고 차에 올라탄다. 방금 구워 따뜻한 과자의 온기를 손바닥에 느끼며 한 입을 베어 문다. 그러나 몇 시간이 지나서 꺼낸 남은 타르트는 처음의 촉촉하고 고소한 맛을 잃고 눅눅해져 있다. 그 실망감이란! 그러나 몇 년이 지난 지금에는 가장 맛있는 순간의 향과 맛으로 아직도 기억된다. 가끔 그곳에 아직 그 빵집이 남아 있을까 궁금해진다.

이처럼 낯선 도시에서의 길고 짧은 경험은 새로운 책을 고르고 독서하는 것과 비슷하다. 폴란드의 시인 아담 자가예프스키는 낯선 도시에서의 질감을 시로 잘 표현하였다.

가볍고도 거의 비현실적인
지중해의 향기,
자정 무렵 거리에 운집한 군중

—우리가 전혀 알지 못하는
축제가 시작되는 중.
우리의 무릎 밑을 빠져 나가는
비쩍 마른 고양이,
집시들이 저녁밥을 먹고 있다
마치 노래를 부르듯이,
그 위로 늘어선 새하얀 돌집들,
낯선 언어.
행복감.
(자가예프스키, 「낯선 도시에서」)

자가예프스키의 시에서 알 수 있듯이, 모국어가 아닌 외국어로 가득 채워진 장소는 사람을 나태하게 내버려 두지 않는다. 여름 태풍이 지나가면서 뿌리째 뽑힌 나무가 거리를 나뒹굴던 오후에 나는 처음 이국의 도시에 도착했다. 공항에서 한 시간 남짓 타고 들어온 셔틀은 작고 비좁았다. 장거리 비행이 피곤했던지 셔틀이 움직이기 시작하자 잠깐 졸기도 했지만, 새로운 풍경은 나의 모든 신경세포들을 자극했다. 한 시간쯤 지나자 학교의 초입으로 들어섰다. 학교의 인터내셔널 하우스는 재학생뿐만 아니라 학교에 종사하는 외국인 직원들에게 제공되고 있었고, 장·단기간 머무는 여행객들도 투숙할 수 있었다. 그런 덕택에 1층 로비와 도서관에는 항상 각국에서 모여든 외국인들이 있었다. 객실로 통하는 중간 문 옆에 서 있던 괘종시계가 건물의 나이를 나타내 주었다. 로비와 객실로 올라가는 승강기 옆에는 공중

전화 박스가 하나가 있었는데, 그것이 세상과 혹은 고향과 연결되는 유일한 도구였다. 물론 느린 인터넷이 있기는 했지만, 목소리를 들을 수 있다는 장점이 있었다. 내게 중간 문과 컴퓨터실, 세탁실에 공통으로 사용되는 열쇠 하나와 방 열쇠 하나가 제공되었다. 승강기는 오래되어 툭하면 멈춰 서버리곤 해 안에서 소리를 지르면 밖에 있던 누군가가 손으로 입구를 벌려야 문이 열릴 때도 있었다. 급작스레 행해지는 소방훈련 때문에 처음에는 방에 소지품을 전부 놔두고 뛰어나와 빈손으로 건물 밖에 서 있었던 경우도 있고, 객실로 통하는 중간 문이 열리지 않아 몇 분씩 열쇠를 집어넣었다를 반복하기도 했다. 소나기가 내리는 한낮 비를 피하느라 큰 나무 밑에 서서 사들고 오던 커피를 마시던 순간은 현실이었을까? 이러한 것들은 현실에서 겪은 일이지만 기억에서 나름대로 구성된 것들이기도 하다. 이제는 더 이상 현실이라기보다는 환상에 가깝다. 내가 독서를 통해 구경하는 낯선 세계와도 비슷하다. 존재하지 않는다고 할 수 없지만 존재한다고 할 수도 없는 기억과 과거의 세계로 봉인된 보물 상자와 같다고나 할까.

그러나 무엇보다 내가 책을 읽는 이유는 문학 속의 대상들 또는 주체들과 함께 공동 무대 위에 오르기 위해서다. 문학 속에서 사는 여러 인물들의 삶을 읽음으로써 이해한다는 것은 그들의 삶을 통해 실천들, 가시성 형태들, 하나 또는 여러 공동 세계를 구획하는 말의 양태들 속에 나를 기입하기 위해서다. 이것이 자크 랑시에르가 이야기한 '문학의 정치'이다. 그는 문학이 역사적으로 참신성을 가질 수 있는 것은 특별한 언어의 사용 때문이 아니라 말로 표현할 수 있는 것과 가시적인 것, 낱말들과 사물들을 결합하는 새로운 방식 때문이라고 했다(『문학의 정치』, 19쪽).

나는 아침 내내 학교 양호실에 앉아 있었다
수업이 끝났음 알리는 종소리를 세면서.
두 시에 우리 이웃이 나를 집까지 태워다 주었다.

현관에서 나는 울고 있는 아버지를 만났다—
아버지는 여러 장례식을 항상 잘 견뎌오셨다.
빅 짐 에반스는 그 일이 큰 충격이었다고 했다.

내가 들어가자, 아기는 옹알거리고 웃으며 유모차를 흔들고 있었다.
어르신들이 서서 나와 악수를 나누는 터에
나는 당황했다.
그분들은 "안타깝다"고 말했다.
낯모르는 사람들에게 내가 장남이고,
공부를 위해 먼 학교에 다니고 있다고 알려주는 나지막한 소리가
들렸다. 어머니는 내 손을 잡자

눈물 없는 한숨을 토해 놓았다.
열 시가 되자 앰뷸런스는
병원에서 지혈을 하고 붕대를 감았던 시신을 이양했다.

다음 날 아침 동생이 있는 방으로 올라갔다. 눈송이들과

촛불들이 침대 곁을 온화하게 해주었다; 나는 동생을 보았다
6주 만이었다. 지금은 더 핼쑥하다,

왼쪽 관자놀이에 양귀비색 멍이 든 채
아기침대에서처럼 4피트짜리 상자에 누워 있다
요란한 상처는 아니었다, 범퍼가 그를 깨끗이 쓰러뜨렸다.

4피트짜리 상자, 일 년에 1피트씩.

아일랜드 시인 셰이머스 히니(Seamus Heaney)의 「방학」에서 기숙학교에 다니는 화자가 6주 만에 집에 돌아와 주검이 된 동생을 바라보는 장면에는 '슬프다'는 어휘나 울부짖음이 없다. 가족과 떨어져 생활하는 것이 몸에 배어 집에 돌아와서도 한동안은 손님 같다. 낯선 사람들의 위로와 악수, 아버지의 눈물과 어머니의 한숨이 실감나지 않을 뿐이다. 아기침대 같은 4피트짜리 상자에 누워 있는 동생의 시신에는 요란한 상처가 없다. 자동차의 범퍼가 그를 깨끗이 쓰러뜨린 것이다. 다음날 혼자가 됐을 때 동생 방에 들어가자 동생이 예전보다 창백해져 있는 모습이 눈에 띈다. 시의 마지막 행은 "4피트짜리 상자, 일 년에 1피트씩"(A four-foot box, a foot for every year)으로 마무리된다. 이 시적 표현은 수수께끼를 제안하면서 이미지를 불러일으키는 놀이이다. 그것은 작가의 결정적인 답을 가지고 있지 않다. 모든 독서는 "작가를 무효화시키는 놀이"(『문학의 공간』, 282쪽)이기 때문에 독자에 의한 해석이 따라야 한다. 그러하기에 시가 말한 바는 그것을 읽고 해

석해 내는 미래의 독자의 의한 진실이 표명될 뿐이다. 일 년에 1피트씩 자랐다는 이 표현은 동생의 나이가 겨우 네 살이라는 것을 강조해 보여 준다. 일 년에 1피트씩 자라서 4피트짜리 상자에 누워 있다는 묘사는 평소 돌처럼 딱딱한 아버지를 울게 만들고, 어머니가 눈물 대신 성난 한숨만 토해 놓게 만든 이유를 보여 준다. 더할 나위 없이 큰 슬픔은 어안을 벙벙하게 만들고 기가 막히게 할 뿐 '슬프다'는 어휘로 대신할 수 없다. 기표 '슬프다'는 왠지 단조롭고 부족해 보인다. 어떻게든 다른 기표를 찾아 헤매야 하는 것이다. 마침내 전혀 다른 단어가 튀어나온다. 시에서 '4피트짜리 상자'는 관을 의미한다. 아이의 관자놀이에 남은 붉은 색 상처는 시인이 양귀비꽃(poppy)를 사용함으로써 꽃말이 가진 '죽음'이라는 뜻을 이중적으로 활용한 것이다. 이와 같이 시에서 사물들은 일상 언어와는 다른 외관을 갖게 된다. 죽음은 인간의 삶에 자주 등장하지만, "4피트짜리 상자, 일 년에 1피트씩"이라는 시적 표현은 어린 동생의 죽음을 유일한 사건으로 만들어 놓는다.

Sweet is dandy
But liquor is quicker.

사탕은 달콤하다
그러나 술은 더 빠르다.

미국 시인 오그덴 나시(Ogden Nash)의 짧은 풍자시다. 상세한 설명이 더 없어도 사람들은 미소를 짓고 고개를 끄덕일 것이다. 상징적이지만, 보편적 정서가 담겨 있기 때문이다. 사람들은 우울할 때, 단 것이 필요하다고 말한다. 의학적으로는 큰 효과가 없다고 하는데도, 왠지 달콤함에 기분이 좋아지기 때문이리라. 그런데 사람들은 술을 선호한다. 술에 감정을 싣다 보면, 마치 괴로운 일이 모두 해소될 것만 같다. 오그덴 나시는 사람들의 그런 평소 생각을 짧지만 경쾌하게 담아냈다.

l(a

le

af

fa

ll

s)

one

l

iness

미국 시인 커밍스(E. E. Cummings)의 시는 풍자적인 앞의 시와는 달리 시각적인 수수께끼를 던지며 놀이를 부추긴다. 우선 이 시는 단어들이 조각나 있어 소리 내어 읽을 수 없다. 일반적인 시의 특징인 운율이나, 압운, 비유법도 없다. 조용히 들여다보아야만 세로로 나열된 조각난 단어들의 의미를 발견할 수 있다. 괄호 또한 지나칠 수 없다. 괄호 밖은 'l · one · l · iness', 괄호 안은 'a · le · af · fa · ll · s'이다. 앞뒤로 알파벳을 붙이고 떨어뜨리다 보면, 'loneliness'와 'a leaf falls'가 나타난다. 시각적 이미지를 사용한 위의 시를 한글로 바꾼다면, 완벽하지는 않지만 다음과 같이 쓸 수 있을 것이다.

고(나

뭇잎

하나

가떨

어진

다)

독

원시에서 괄호 밖 시어 '고독'이라는 단어 'loneliness'는 '하나, 혼자'를 나타내는 숫자 '1'과 비슷한 알파벳 'l'로 개인의 고독을 제시한다. 괄호 안에 "a leaf falls", 즉 '나뭇잎 하나가 떨어진다'는 문장을 세로로 늘어뜨려 마치 나뭇잎이 떨어지는 모습을 형상화한다. 나뭇잎이 떨어지는 모습이 고독한 삶에 빗대어진 것이다. 고독은 소리마저 낼 수 없다는 듯이 단어들이 조각나 있다. 조각이 나서 완전하지 않음을, 혼자여서 고독함을 보여 주고 있다. 조각난 단어는 언어의 고정성에 대해 재고하면서 단어의 관습적인 사용방식을 깨뜨릴 필요를 제시해 주기도 한다. 이와 같이 언어 자체를 사물의 시각성에 맞춰서 의미를 만들어 내는 시가 있는 반면, 다음 시는 심상을 불러일으킨다.

군중 속에서 유령처럼 나타나는 이 얼굴들;

비에 젖어, 검은 나뭇가지 위의 꽃잎들.

에즈라 파운드의 「지하철역에서」는 지하철 플랫폼에 서 있는 사람들의 표정을 보여 주면서 그것을 검은 나뭇가지 위의 꽃잎들에 비유한다. 지하철 플랫폼이 있는 어둡고, 차가우며, 축축한 지하는 어떻게 보면 죽음과 지옥을 연상시킨다. 여기에 이상과 삶, 천국을 연상시키는 창백하지만 섬세하고 빛나는 꽃잎들이 병치된다. 이들은 서로 상반되면서도 공통적인 이미지를 나타낸다. 유령 같은 이 얼굴들이 곧 꽃잎들이다. 인간은 전쟁과 죽음을 경험했지만, 희망과 삶 또한 나란히 자리하기 때문이다. 이런 비유들은 바로 시가 이미지를 가지고 놀이를 하는 방식들로, "이미지에 스타일을 부여하고 신비스러움을 주입해 모든 이미지가 수수께끼를 풀어헤치는 대답이 되도록 하는"(『호모 루덴스』, 257쪽) 것이다.

2장.

이야기의 발견

시와 놀이의 유사성은 외부에만 드러나는 것이 아니며, 내부적인 것 그러니까 시가 갖고 있는 창조적 상상력의 구조에서도 명백히 나타난다. 시구의 전환, 모티프의 발전, 분위기의 표현 등 항상 놀이 요소가 작동한다.

—요한 하위징아, 『놀이하는 인간: 호모 루덴스』

❖

자발적 행위로서의 놀이

앞 장에서 나는 책을 읽는 이유에 대해 이야기했다. 문학은 나를 이질적인 장소에 세워진 세계에 이르도록 해주며, 미처 생각할 사이도 없이 사소하게 넘겨 버린 순간을 결정적인 것으로 인식하게 해준다. 『캔터베리 이야기』에서 성지 순례에 오르는 사람들의 무료함을 달래주기 위해 타바드 여관의 주인은 '재미있는 놀이'를 제안한다. 순전히 순례를 재미있게 하려는 목적에서다. 내용은 돌아가면서 옛날이야기를 하는 것으로, 가장 '건설적'이고 '재미있게' 이야기한 사람에게는 모든 사람이 돈을 내서 큰 축제를 벌여 주겠다는 내용이었다. 여관 주인의 말에도 나타나듯이 문학은 교훈과 재미가 있어야 한다.

현대에 와서 산문 형태로 번역되기도 하였으나, 『캔터베리 이야기』는 본래 운문으로 쓰였다. "시를 창조하는 것은 실상 놀이의 기능"이라는 요한 하위징아의 말을 증명하는 것으로, 시는 진지함을 넘어서는 더 원시적이고 근원적인 단계에 속해 있다(『호모 루덴스』, 232쪽).

중요한 것은 모두가 동의해야 한다는 것이다. 그것도 기쁜 마음으로 말이다. 함께하는 순례에서 누구 하나라도 참여하지 않는다면 판은 깨지고 말 것이다. 그들은 만장일치로 동의한다는 소식을 주인에게 전하고, 순례를 떠나는 날 제비를 뽑아 이야기의 순서를 정한다. 기사가 첫 번째로 뽑혔다. 그는 "내가 이 놀이를 시작하게 되었군요. 이렇게 된 바에야 내게 행운이 있었으면 좋겠군요. 이제 여러분들은 말을 타고 가면서 내 이야기에 귀를 기울여 주십시오"라고 말하고 이야기를 시작했다. 이야기. 그렇다, 인류는 어느 시대에나 이야기를 가지고 있었다. 형식과 구성이 다를 뿐 시대에 따라 유행하는 이야기가 존재했다. 우주를 배경으로 하는 신과 영웅에 대한 서사시에 이어, 기사와 곤경에 빠진 여인을 다룬 로맨스가 고대와 중세에 각각 유행하였다. 『캔터베리 이야기』는 로맨스와 같이 중세에 등장하였으나, 화자가 각기 다른 직업군의 사람들—기사, 방앗간 주인, 장원청지기, 요리사, 변호사, 바스의 여인, 탁발 수사, 소환리, 대학생, 상인, 수습기사, 소지주, 의사, 면죄사, 선장, 수녀원장, 수사, 수녀원 신부 등—을 자세히 묘사한다는 점에서 사실적이다. 그들의 계급은 물론 의상에 대한 묘사는 아주 상세하다. 뒤에서 이야기를 통해 등장할 방앗간 주인에 대한 묘사를 살펴보자.

> 방앗간 주인은 키가 크고 우람했다. 그는 이 나라에서 벌어진 레슬링 시합에서 수많은 기적을 일으켰으며, 시합에 참가할 때마다 상을 탔다. 문이란 문은 모두 송두리째 뽑아 버릴 정도로 힘센 장사였고, 그의 박치기 공격을 받고 부서지지 않는 문은 없었다. 옆구리에는 칼과 방패를 차고 있었고, 그의 입은 아궁이처럼 넓고 컸다. 그

는 음탕하고 심술로 가득 찬 말을 내뱉고, 상스런 농담을 하기 일쑤였다. 한마디로 저속한 수다쟁이였다. (『캔터베리 이야기』, 25쪽)

각 개인들이 서로의 이야기에 끼어드는 장면 또한 유쾌하다. 물론 그들의 이야기는 진솔하고 욕설이 가득하며 무엇보다도 재미있다. 그리고 시대의 문화와 무관할 수 없이 직접적으로든 간접적으로 사회상을 반영한다. 현대의 독자는 지금과는 다른 층위의 삶이 오래된 과거 속에 생성되어 있음을 발견할 수 있다. 지금 현재 똑같은 시간이 미래를 향해 흘러가고 있지만, 보이지 않는 그 어딘가에서 나와 다른 사람이 살아가고 있다. 그것은 독서의 세계처럼 나에게는 허구로 여겨진다. 내가 속해 있지 않은 세계, 언어들, 행위들, 그들이 어떻게 실재한다고 말할 수 있는가? 근거리든 원거리든 그들이 사는 법은 나에게 속해 있지 않다. 심지어 기차의 같은 칸에 앉아 동일한 목적지를 향해 가는 사람조차도 나와 같은 세계에 속했다고 말할 수 없다. 나에게 그들은 모두 가상이며 허구의 인물들이다. 나는 단지 나를 중심으로 하는 소우주에서 평범하게 살아가고 있다. 그것을 공유하고 말을 섞는 사람들은 극히 소수에 지나지 않는다. 나는 독서를 통해 아직 발설된 적이 없는 사람들의 울퉁불퉁한 생각들을, 존재론적인 불행을, 새로 쓰는 역사를 읽어낸다. 편협하고 좁은 내 일상 언어를 불완전한 것으로 인식하게 하는 책 속의 언어가 내 마음을 뜨겁게 만든다.

페터 데바우어가 느꼈던 것처럼, 언어는 말하기 전에는 나 자신도 미처 알지 못하던 것들이다. 하지만 말해 놓고 보면 명쾌해진다. 언어는 불명확한 성격을 가지고 있다. 그것은 언어의 장점이자 단점이다.

언어의 기표와 기의 사이에 불완전하게 맺어진 관계는 적어도 언어를 가지고 이런저런 상상의 조각을 맞추는 것이 언제든지 가능하다는 것을 증명한다. 단어는 또 다른 단어에 의하여 해석되고 설명된다. 어쩌면 언어는 실체의 그림자 찾기에 불과할지 모른다. 앞에서도 이야기했듯이 그레고리우스가 독시아데스에게 어째서 학교를 나와 리스본에 와 있는지를 설명하기 어려웠던 것은 그의 마음이 진지하면 진지할수록 비켜 가는 언어의 속성 때문이었다. 기표는 기의로의 무한한 여행을 반복한다. 본질에 닿기 위해 기표는 기의를 찾지 못하고 영원히 떠도는 것이다. 이 무한운동은 신문 위의 단어 퍼즐처럼 놀이의 성격을 가지고 있다. 이처럼 문학은 나를 가장 잘 이해하고 이해시키는 놀이에 가담하는 것일지도 모른다는 생각이 든다. 그리고 그것은 요한 하위징아의 말대로 자발적인 참여로 시작되는 것이다. 물론 일종의 부름 같은 것이 있다. 독자는 거기에 응답하면서 그 곁에 머물러야 하는 것이다(『문학의 공간』, 286쪽). 책을 읽는 그녀가 옆에 있었지만 화자는 그녀 곁에서 그녀가 느끼는 기쁨을 맛볼 수 없었다. 책을 읽을 때의 그녀는 옆에 있는 것 같지 않았고 다른 곳으로 떠난 것과 같았다. "책을 읽는 동안 그녀가 머무르던 곳은 다른 왕국이었다."(『떠도는 그림자들』, 9쪽)

주사위 던지기

삶은 드러나지 않아 신비했다. 여실히 드러나는 현재의 삶에는 더 이상 신비로울 것도 신기할 것도 없다. 그러나 드러나는 삶은 그저 뉴스에 지나지 않는 것들뿐이다. 뉴스란 사건, 사고의 보도를 의미한다. 문학은 삶을 드러내면서 삶의 신비를 증명한다. 존 파울즈의 『프랑스 중위의 여자』는 이런 점을 여실히 보여 준다. 1969년에 출간된 이 소설은 100년 전인 1860년대의 빅토리아 시대를 배경으로 한다. 스토리의 알맹이만 이야기하자면 빅토리아 시대의 결혼과 사랑에 관한 것이다. 그러나 이 소설은 사랑은 전제하되 여전히 집안 배경을 무시할 수 없는 중산계층의 결혼상을 보여 주는 만큼, 순전히 사랑에만 초점을 둔 만남에 대해서는 경박하게 바라보는 시대상을 적나라하게 보여 준다.

주인공인 찰스와 사라는 겨우 8장에 가서야 조우하게 되는데, 이러한 장치는 현대적인 맥락의 손쉬운 사랑—만약 우리가 현대의 사랑이 손쉬운 만남과 이별이라고 단정 지을 수 있다면—과 대조되는 것을 보여 준다. 유난히 자연의 묘사나 성격묘사, 심지어 인상에 관해 많이 할애하고 있는 것은 실제 빅토리아 시대의 여성소설들과 비슷한 특징이기도 하다. 20세기에 쓰였음에도 소설은 역사에 기대어 19세기를 20세기와 비교하면서 상세하게 묘사한다. 그것은 소설도 말해주지만 19세기의 '무사태평한 권태감'에 맞게 속도감을 늦추고 진행된다. 성격이 급한 현대인들이라면 1981년에 제작된 영화를 관람하는 것으로 충분하다고 생각할지 모르겠다. 영화는 『프랑스 중위의 여자』의 찰스와 사라를 맡은 두 남녀배우의 불륜의 내러티브와 『프랑스 중위의 여자』의 내러티브를 동시에 다루는 새로운 각색을 사용하고 있는데, 훌륭하지 않은 것은 아니더라도 소설의 내러티브를 효과적으로 보여 주지는 못한다.

어찌되었든 19세기의 한정 상속에 의해 재산을 물려받기로 한 찰스의 낭패와, 그럼에도 불구하고 신사로서 체면을 유지해야 하는 정황들이 묘사된다. 이미 알려진 바대로 '한정 상속'은 한 집안의 토지가 나눠지는 것을 막기 위한 제도이다. 결혼할 딸에게는 상속하지 않고 아들에게만 상속되는 것이지만 자식이 없거나 아들이 없는 경우, 집안의 남자 후손에게 물려주는 것을 말한다. 한정 상속은 여러 소설에서 여성을 불리한 입장으로만 비쳐줄 뿐이다. 그러나 일흔이 넘어 결혼을 하게 된 백부가 결국에 아들을 보게 됨에 따라 찰스에게 재산을 물려주기로 한 계획을 거두는 상황을 보여 줌으로써 찰스가 비참해질 수밖에 없는 상황과 장인에게 당한 모욕이 찰스에게 어떤 동기부여가 되는지는 이 소설에서 중요하다. 바로 빅토리아 시대의 남성성, 신사의 이미지에 대한 실추를 의미하므로, 따라서 자신이 신사임을 고수할 수 있는 상대 여성을 찾는 것이 그에게는 중요한 일이 된다. 즉 가련한 여인을 구해 내는 구원의 이미지를 발휘함으로써 그런 위치를 지킬 수 있는 것이다. 물론 여기에는 사랑의 판타지가, 혹은 낭만적 사랑이라고 부를 만한 것이 작용한다. 그런 점에서 찰스는 곤경으로부터 사랑을 깨닫고 실천하는 입체적인 인물로 보인다.* 찰스는 사회적 잣대로 바라보았을 때 실패한 인물일지는 몰라도 자신의 운명과 욕망, 그리고 실연을 통해 진실과 마주하게 되는 입체적 인물임에 틀림없다. 그러나 스토리보다 중요한 것이 이 소설의 기법이다.

---

* 문학작품 속의 인물을 설명할 때, 인격의 성장을 보이는 '입체적 인물'과 그렇지 않은 '평면적 인물'로 크게 나눈다. 평면적인 인물은 주로 변하지 않는 인격으로, 변화하는 인격체인 입체적 인물을 돋보이게 해주는 것으로 알려져 있다.

『프랑스 중위의 여자』는 형식에 있어서 현대적인 것을 취했고, 내용에 있어 100년 전의 과거를 택했다. 무엇보다 독자가 완전히 몰입하기 어렵게 만드는 책에 대한 책, 즉 메타픽션의 형식을 취하고 있다. 작가는 독자가 내용에 깊이 빠지게 될 때마다 초를 치면서, 사건을 이중적으로 구사한다거나 결말을 두 개로 나눠서 제시한다. 그것은 마치 찰스의 모순된 욕망처럼 독자를 불안하게 만든다. 심지어 책의 제목인 '프랑스 중위의 여자'란 것도 정작 무성한 소문으로 인해 이름 붙여진 허상의 것에 지나지 않았다. 이 고장에서 배가 난파한 뒤 사라가 돌봐 주던 남자가 프랑스 중위였다. 회복되어 떠나기 1주일 전에 사라에게 사랑을 고백했고, 떠나면서 사라를 기다리겠다고 했다. 그러나 그를 찾아갔을 때 그의 사랑이 진짜가 아니라는 사실을 알아차린 사라는 상심한다. 다시 돌아온 사라는 사람들의 동정과 비난, 심지어 도덕적 훈계를 피해 갈 수가 없었다. 그런 사라가 처음에는 자신의 순정을 찰스에게 바치는 것처럼 보이지만, 남자가 여자에게 할 수 있는 거짓말과 배신을 여자도 남자에게 할 수 있다는 것을 보여 주려는 듯이 사라는 약혼자가 있는 찰스의 사랑을 얻고, 그를 떠나 버린다.

찰스는 파혼을 하면서 자신의 명예를 더럽히면서까지 그녀를 찾아가 청혼하지만, 사라는 거절한다. 그녀 또한 찰스를 사랑한다고 했기 때문에 그녀의 거절은 이해하기 어렵다. 찰스는 그녀가 자신에게 간교한 수작을 부리는 게 아닌지 의심한다. 남자에게 배신당한 오욕을 남자에게 되갚아 주겠다는 의도가 교묘하게 개입되어 있는 것처럼 보이게 하기 때문이다. 사라가 분명 빅토리아 시대의 여성이지만 신여성이라고 하는 현대성에 노출된 측면을 가지고 있음에도 불구하고 찰스의 견해처럼 설명되지 않는 빈틈이다. 그것은 소설의 결점이기보다는 사라의 복잡한 마음에서 기인했다. 이중성의 시대인 빅토리아 시대를 대변해 주는 측면에 조금은 기대어서 말이다. 그녀는 여타 소설들에서처럼 당대의 매력적인 남성인 찰스의 눈에 들지만, 이미 언약을 지키지 않은 프랑스 중위를 통해 결혼이 사랑의 좌절이라는 선견지명을 가지고 있었을지 모른다. 찰스의 자존심은, 비록 그가 빅토리아 시대의 전형적인 남성들처럼 여성에 대해 일반적인 태도를 가진 것은 아닐지라도 궁극적인 차이를 뛰어넘지는 못한다. 따라서 그가 보여 주는 좌절은 시대의 좌절이기도 하고 개인적인 좌절임에 분명하다.

소설의 결말은 두 가지, 사라진 사라를 찾아 만나러 갔을 때, 찰스와의 결합을 거부하는 사라가 그를 이해시키는 방식 중 하나는 그들 사이에서 태어난 아이이다. 그러나 이 부분은 그저 스토리 때문이 아니라 저자의 언급대로 언어의 오해에 대한 것으로 볼 수 있다. 그는 "언어는 줄무늬 비단과 같아서, 보는 각도에 따라 색깔이 달라진다"(존 파울즈, 『프랑스 중위의 여자』, 635쪽)고 말한다. 결혼을 거절하자 떠나려는 찰스를 붙잡으면서 사라는 자신의 상황을 이해시킬 숙녀를 만나 달라고 청한다. 이를 거절하는 찰스에게 사라는 "좀 덜 존경할 만한 신사라면 벌써 짐작할 수 있었을 거예요"라고 대답한다. 그 숙녀는 다름 아닌 그와 사라의 딸이었다. 그렇게 해서 두 사람은 그들을 연결해 주는 딸로 인해 화해하며 결국 사랑을 완성시키게 된다. 그러나 저자는 여기에서 끝맺지 않는다. 독자는 이야기에 빠져들자마자 이야기에 방해를 받는다. 찰스는 사라와의 소통되지 않는 대화를 마치고 그 장소를 빠져나온다. 그리고 혼자가 된다. 독자 자신조차 이처럼 자신의 미래를 이렇게 저렇게 상상해 보지 않는가? 이와 같은 여러 가지 가능성을 암시하는 결론은 바로 저자의 인생에 대한 정의이기도 하다. 그가 책의 말미에서 언급했듯이 인생이란 결코 하나의 상징이 아니며, 수수께끼 놀이에서 한 번 틀렸다고 해서 끝장이 나는 것도 아닌 것이다. 인생은 하나의 얼굴로만 사는 것도 아니며, 주사위를 한 번 던져서 원하는 눈이 나오지 않았다 해도 체념할 필요는 없기 때문이다(『프랑스 중위의 여자』, 649쪽).

가지 않은 길을 가다

사람들이 자신의 미래를 이렇게 저렇게 상상하여 만들어 보듯이, 보르헤스는 전통적 소설이 제공하는 한 가지 결정적 방향 대신 두 가지 혹은 그 이상으로 나갈 수 있는 가능성에 관심을 두고 미결정성을 강조해 보여 준다. 「두 갈래로 갈라지는 오솔길들의 정원」은 그의 『픽션들』에 묶어진 이야기 중의 하나인데, 은퇴해서 책을 쓰고 미로를 만들겠다고 한 추이펀이라는 사람의 이야기가 나온다. 화자는 실제 추이펀의 정원에 도착해 후손으로부터 그에 관한 이야기를 듣는다. 죽은 추이펀이 남긴 것은 3장에서 죽은 주인공이 4장에서 살아 있다는 원고 뭉치와 정원이다. 추이펀은 "나는 모든 미래들이 아니라 몇몇 미래들에게 두 갈래로 갈라지는 오솔길들의 정원을 남긴다"(호르헤 루이스 보르헤스, 『픽션들』, 122쪽)라는 편지를 남겼다. 후손은 이 편지를

모든 소설에서 작중 인물은 여러 가능성과 마주칠 때마다, 하나를 선택하고 다른 나머지들은 버리게 됩니다. 거의 풀 수 없는 추이펀의 소설 속에서 작중 인물은 모든 것을— 동시에—선택합니다. 그렇게 그는 몇 개의 미래들, 즉 몇 개의 시간들을 '창조하고', 그것들은 증식하면서 두 갈래로 갈라집니다. (보르헤스, 『픽션들』, 122쪽)

읽고 추이펀의 『두 갈래로 갈라지는 오솔길들의 정원』이 무질서한 혼돈의 소설이라는 것을 알게 된다. 그의 말에 따르면, '모든 미래들이 아니라 몇몇 미래들'은 공간이 아닌 시간 속에서 두 갈래로 갈라지는 모습이다. 모든 소설에서 작중 인물은 여러 가능성과 마주칠 때마다, 하나를 선택하고 다른 나머지들은 버리게 된다. 그러나 추이펀이라고 하는 사람의 소설은 작중인물이 모든 것을 동시에 선택하도록 한다. 당연히 여러 개의 결말들이 일어나고, 각 결말은 또 다른 갈라짐의 출발점이 된다. 따라서 여기에는 '유일한' 길이라는 것이 없다. 몇 개의 시간들이 창조되고, 증식되면서 길은 갈라진다. 그레고리우스가 평생을 바친 학문과 학교생활이 하나의 선택이었다면, 그가 그렇게 행적을 찾아 나서게 만든 아마데우 프라두의 삶은 또 하나의 선택인 것이다.

사실 독서만큼 우연에 기댄 것이 또 있을까? 선택했다고 하지만 내 것이 되는 경우는 많지 않다. '바로 그때 그 책'으로 나에게 공감을 일으킨다면 내 손안에 들어온 그 책은 우연에서 인연이 된다. 물론, 요즘처럼 인터넷에서 리뷰를 읽고 나서 책을 구입하는 시대에는 큰 모험이 필요 없다고 생각할 수도 있다. 우리는 시간 낭비를 원하지 않으며 실패 없이 종착지에 닿기를 원한다. 그러나 인연은 타인의 취향에 의해 만나지지 않는다. 나를 찌르는 책은 내 스스로의 발굴 작업을 거쳐야 한다. 추천을 통해 읽은 책은 '괜찮은 책' 정도가 된다. 결국 책이 주는 재미, 기쁨을 일부만 얻게 되는 것이다. 여행이 이와 같다. 여행을 떠나기 전부터 여행은 즐겁다. 여행지뿐만 아니라 장소를 선택하고 여행 가방을 챙기면서, 그리고 이국의 공항에서 환승을 위해 여러 시간 머물면서 어슬렁거리는 즐거움이 있다. 여정은 도착점이 아니라 다다르기 위한 과정이기 때문이다. 우연에 의해 만난 책들은 그 시간, 그 장소에서 나에게 꼭 맞는 옷이 되기도 하고, 경이로움이 되기도 한다. 물론 실패할 수도 있다. 나는 잘못 고른 책을 보관하고 싶지 않아 주인이 될 만한 사람을 찾기도 한다. 그렇더라도 좋다. 어떤 시간, 어떤 시기에 나는 그 책을 통해 그레고리우스가 어두운 골목 상점 안을 들여다보았을 때처럼 나와 마주하게 된다. 혹은 전혀 다르게 사는 타인과 만나게 된다. 60대의 그레고리우스가 책에서 만난 30대의 아마데우 프라두가 그의 현재 삶을 흔들어 놓고 가듯이 우리는 때로 가슴 깊은 곳을 먹먹하게 하는 타인을 책에서 만난다.

찰스만이 인생의 목표가 뒤죽박죽된 것 같은 느낌을 받는 것이 아니다. 독자는 그가 사라의 유혹, 혹은 매력에 저항하면서도 빠져들 수밖에 없는 순간에 그를 혐오하면서도 동정하고, 다시금 위험을 무릅쓰면서도 욕망하는 감정에 공감한다. 그것은 현실의 매순간에도 벌어지는 일이기 때문이다. 그가 사라가 아닌 약혼자, 어니스티나와 안전한 결혼을 결정했다면 이야기는 61장이 아니라 44장에서 이미 끝났을 것이고 독자의 욕망도 끝이 났을 것이다. 존 파울즈는 44장에서 그렇게 끝날 수도 있는 가능성을 제시해 주면서 독자를 현실로 돌아가게 만든다. 그러나 안전한 목적지에 닿기 원하면서도 모험에 빠져들고 싶은 모순된 욕망을 가진 것은 다름 아닌 독자이다. 독자는 뭔가 심심하다고 생각한다. 그러니 무사안일을 택하는 플롯을 현실적이라고 주장하는 것이 마땅할까? 저자는 열일곱 개의 장을 추가하여 다른 가능성을 열어 준다. 이것을 덤이라고 할 수도 있지만, 사실 이 열일곱 장이야말로 소설의 핵심이라고 할 수 있다.

> 나는 찰스의 생애를 지금 여기서 끝낼 생각이었다. 그를 런던으로 가는 길에 영원히 남겨 둘 생각이었다. 그러나 19세기적 소설의 관행은 요령부득으로 끝난, 즉 미해결의 결말을 허용하지 않는다. 그리고 나는 앞에서 주장했었다. 소설의 등장인물들에게도 자유가 주어져야 한다고. 내 문제는 단순하다—찰스가 무엇을 원하고 있는지는 분명한가? 그것은 분명하다. 그러나 여주인공이 무엇을 원하고 있는지는 그렇게 분명치 않다. 그리고 나는 이 순간 그녀가 어디에 있는지 전혀 모른다. 물론 이 두 사람이 내 상상력이 만들어 낸 산물이 아니라 현실 세계를 이루고 있는 두 개의 단편이라면, 딜레마의 논점은 자명하다. 두 개의 욕망은 서로 싸워서, 경우에 따라 이기기도 하고 지기도 할 것이다. 소설은 흔히 현실에 순응하는 척한다. 작가는 서로 충돌하는 두 욕망을 링 위에 올려놓고, 그 싸움을 묘사한다. 그러나 승부는 사실 작가가 편드는 쪽이 이기도록 미리 정해져 있다. 그리고 우리는 작가가 승부를 결정하면서 보여 주는 솜씨(바꿔 말하면, 승부는 미리 정해져 있는 게 아니라고 독자들을 설득하는 솜씨)와, 작가가 편드는 욕망이 어떤 종류의 것인가를 보고 작가를 평가한다. (존 파울즈, 『프랑스 중위의 여자』, 560~561쪽)

독자를 소설이 마련한 허구 속에 푹 빠지는 것을 방해하려는 것이 그의 의도였다면 그는 성공했다. 그럼에도 책장을 펼치는 순간부터 시작되는 여정, 혹은 마술이 중도에서 몇 번씩 "이것은 허구입니다"

를 강조해 보여 준다면, 픽션에 내재된 삶이라고 하는 문학 고유의 장은 사라지고 마는 것이 아닌가? 그가 이야기했듯이 저자가 창조한 인물들은 스스로 인생을 만들어 내는 법이다. 비록 그가 그 누구의 편을 들어 이기게 만들 수는 있다 해도 말이다. 분명한 것은 이러한 포스트모던적 기법의 초과 내지 과잉 방식이 독자로 하여금 안락한 의자에 기대어 반쯤 졸게 만드는 대신 책 가까이로 몸을 기울이게 한다는 점이다. 다시 말해 어느 순간 어떻게 흘러갈지 모르는 서사에 독자는 매 순간도 긴장을 놓을 수가 없다. 책을 다 읽고 나서 어떤 길이 더 적절한지 선택할 수 있을 때 독자 개인의 맞춤형 소설이 완성될 수 있다.

그러나 결론을 열어 놓는 이와 같은 포스트모던적 기법은 빅토리아 시대의 커튼을 찢고 바라본 신사의 모순된 욕망이라는 것이 어쩌면 당대 여러 가지 규범과 도덕의 모순임을 반증해 보여주기 위한 것이 아니었을까? 소설은 결혼의 약속을 저버린 한 남자의 성적 도발** 을 끈질긴 내적 심리묘사와 세밀한 자연 묘사를 통해 보여 준다. 앞에서 언급했듯이 빅토리아 시대가 그 이전 시대와 달리 결혼을 집안 대 집안의 계약만이 아니라 결혼 당사자의 사랑을 전제로 해야 한다는 주장들을 실천하는 시점이라는 것은 널리 알려져 있는 사실이다. 그리고 이 시대는 그 이전 시대와 달리 정숙한 여인, 품위 있는 신사라고 하는 개념이 뿌리내리는 시점이기도 했다. 즉 사랑을 전제로 하는 결혼인 만큼 남자와 여자 모두에게 한 사람에 대한 충실함과 헌신이

** 그것은 백부에게 상속받기로 되어 있던 유산이 계획대로 자신에게 넘어오지 않은 것과 상인인 장인어른이 자신의 사업을 물려받을 것을 제안한 데 대해 신사로서 느낀 모욕감을 합리화하는 복잡한 매듭들을 원인으로 엮어 낸다.

요구되었다. 그러나 이러한 변화는 자연스럽게 이루어지기보다는 사회적인 내규에 의한 강압에 더 가까웠다. 따라서 이 시대 사람들에게는 강박관념이 깊이 뿌리내렸다. 빅토리아 시대가 두 마음을 가지고 있었던 것도 그런 까닭에서이다. 찰스가 매번 약혼자에 대한 신사로서의 의무에서 벗어나 사라에 대한 성적 욕망에 사로잡히는 것은 당대의 이런 모순들을 보여주기 위함이다. 이런 배경이 『프랑스 중위의 여자』의 소설기법에 활용되어 두 가지 결론을 만들었다고 상상해 보면 재미있다.

날카로운 인식

여행은 기억을 편집시키는 아주 특이한 경험이다. 이미 과거에 끝난 여행이지만 어떤 식으로든 삶의 기억 속으로 흘러들어온다. 여행은 고되고, 동행인과는 껄끄러운 말다툼이 있기도 하다. 어떤 때는 쏟아지는 비를 피해 몇 시간씩 카페에 갇혀 있어야 한다. 그러나 기억은 어떤 강렬한 장면을 새겨둔다. 그것은 이미지로 남아 도시 전체에 대한 인상이 되기도 한다.

한 커플이 탱고를 추고 있었다. 그들은 춤을 추기 전, 파리의 변덕스러운 날씨 때문에 비가 올까 봐 걱정을 했고, 뻣뻣해진 몸을 유연하게 만들기 위해 그 자리에서 스트레칭을 했다. 들고 온 작은 녹음기를 부산스럽게 꺼낸 후에 음악을 틀고, 자세를 잡았다. 물론 관람료를 청하듯 플라스틱 바구니를 스피커 앞에 놓았다. 그때까지도 그들은 몇 푼 벌기 위해 거리로 나온 아마추어 무용수들로 보였다. 그러나 춤이 시작되자, 춤 밖의 현실은 그들의 풍경에서 사라졌다. 그들은 서로의 호흡에만 몰두하며 몸을 움직였다. 마술이 일어난 것 같았다. 그들에 대한 기억 한 조각이 고되고 불편했던 다른 모든 기억을 사소한 것으로 바꿔 놓았다. 이렇듯 개인마다 겪은 어떤 경험 때문에 특정 장소에 대해, 문학작품에 대해 좋은 기억이 남아 있을 것이다. 이런 기억과 더불어 문학은 삶에 대한 새로운 인식에 이르게 한다. 참된 문학의 언어는 "그 자체로 과거를 발굴하고 기억하고 기록하는 가운데 미래를 선취하는 것이다"(문광훈, 『가면들의 병기창: 발터 벤야민의 문제의식』, 71쪽).

언젠가 대형서점 안에서 외서코너를 지나가다가 우연히 보게 된 피테르 브뢰헬의 화집도 내게는 크나큰 발견이었다. 그때까지도 모르던 화가가 그려낸 생동감 있는 인물 표정들은 감탄 이상의 것이었다. 동글동글한 이목구비들, 진솔한 생활 터전의 익살스러움에 흠뻑 빠져들었다. 워낙 고가였던 탓에 구입할 생각은 미처 하지도 못하고 나는 서점에 들를 때마다 그 화집을 들춰 보곤 했다. 그러기를 몇 달째 반복하던 어느 날 화집은 팔리고 없었다. 아쉬운 마음에 당시로서는 잘 알려져 있지 않던 화가의 화집을 구입한 사람이 궁금해지기까지 하였다. 이런 기억은 시간이 지나면 잊히게 마련이다. 그러나 몇 년이 지난 후, 오든(W. H. Auden)의 「미술관」("Musée des Beaux Arts")이라는 시에 삽화로 사용된 브뢰헬의 「이카로스의 추락이 있는 풍경」을 보자마자 나의 기억은 순식간에 예전으로 돌아갔다. 평소에 한 번도 떠올리지 않았던 브뢰헬의 그림은 과거 서점에서 느꼈던 모든 감정들을 소환하여 다시 겪게 하는 듯했다. 과거는 그렇게 기억의 후경을 건너와 현재의 전경이 되었다.

> 브뢰헬의 「이카로스」를 보자. 어쩌면 모든 것이
> 그처럼 유유하게 불행을 외면하고 있는가. 농부는 아마도
> 그 첨벙거리는 소리, 그 외로운 외침소리를 들었으련만
> 그에게 그 소리는 중대한 실패가 아니었던지. 태양은
> 푸른 바다로 사라지는 하얀 두 다리에 예사롭게
> 내리비췄고, 값비싼 우아한 상선은 뭔가 놀라운 광경을,
> 한 소년이 하늘에서 추락하는 것을 보았으련만
> 어딘가 갈 곳이 있어 조용히 항해를 계속해 갔다.

어째서 오든은 루벤스(Peter Paul Rubens)의 「이카로스의 추락」이 아니라 브뢰헬의 「이카로스의 추락이 있는 풍경」에 주목했을까? 그가 브뤼셀의 미술관에 들렀다가 브뢰헬의 그림 세 점을 보고 시를 썼다는 일화가 있지만, 그는 이 시를 통해 무엇을 이야기하고 싶었을까? 루벤스의 그림에서 배경은 저 멀리 일부에 담기고, 이카로스는 그의 아버지 다이달로스와 한가운데를 차지하고 있다. 이와 달리, 브뢰헬의 그림은 풍경화와 같다. 밭을 갈고, 양을 치고, 바다 위로 유유히 상선이 지나가고 있다. 이카로스는 그림 오른쪽의 귀퉁이에서 물위로 발과 종아리만 겨우 드러내고 있다. 그 존재의 미미함이 신화적인 주제로서의 이카로스가 아닌, 인간적 주제로서의 이카로스를 재현하고 있음을 오든은 주목하고 있다. 그것은 화가 브뢰헬의 인식이었고, 시인 오든의 인식이었다. 그림에서 가장 큰 비중을 차지하는 농부와 양치기는 제각각 자신의 일에 몰두하면서 삶의 일상성을 존중하고 있다. 아무리 역사적인 사건이 일어난다 하더라도 사람들은 일은 하고,

장을 보고, 요리를 하고, 식사를 한다. 브뢰헬은 신화의 주인공 대신 농부를 그림의 중심에 놓으면서 신화를 재해석했다. 그리고 오든은 브뢰헬의 그런 관점을 언어로 다시 풀어놓았다. 자신을 중심으로 세상을 바라보기 때문에 나에게 있어 '나'는 가장 중요한 존재이다. 그러나 세상의 입장에서 바라보는 '나'는 티끌 같은 존재에 지나지 않는다. 삶의 일상성이 존중되어야 하는 것은 맞지만, 그 속에서 타인을 간과하는 우리의 자화상. 브뢰헬과 오든은 그 날카로운 인식을 그림과 시로써 씁쓸히 담아낸다. 이처럼 예술은 단지 현실을 회피하거나 거부하는 허구나 공상이 아니라 적극적이고 역설적으로 현실에 개입한다.

3장.

삶에 대한 태도

문학작품을 읽는 것이 사실상 우리로 하여금 좋은 시민이자
재판관에 걸맞은 태도를 자연스럽게 기르게 하여 분별 있는
관찰자적 태도를 정립할 수 있도록 해주기 때문이다.

—마사 누스바움, 『시적 정의』

방관하지 않는 태도

정치철학자이면서 윤리학자인 마사 누스바움(Martha C. Nussbaum)은 문학 작품에 대해 독자가 '고유의 개별적 인간 존재'를 향해 감정을 갖는 것이 무엇인지를 배우게 된다고 하면서, 각각의 사람을 제각기 살아갈 삶이 있는 개별적인 존재로 보면, 그들의 행복, 기쁨, 고통에 대해서도 공감하게 된다고 진단한다. 베른하르트 슐링크의 『책 읽어주는 남자』를 통해 만난 한나는 우리로 하여금 풍부한 상상력을 겸비한 구체성과 정서적 응대를 바탕으로 현실을 검토하게 해준다. 소설은 1부에서 소년과 한 여인의 사랑과 이별을 다룬 후, 2부는 1930~1940년대 나치에 의한 유대인 대학살인 홀로코스트의 주범들에 대한 재판으로, 한 무리의 유대인들을 불에 타죽도록 방치한 간수들을 다룬다. 그러나 비극적 사건을 전체적으로 조망하는 대신, 죄를 저지른 개인과 그 개인을 사랑한 또 한 개인의 고뇌가 그 중심을 이룬다. 그들은 각각 소설의 1부에서 이미 등장했던 여인과 소년이다. 역사 속의 사건은 큰 틀 안에서 전체성으로 조명될 뿐이지만, 개인의 이야기를 들춰냈을 때 그 개인을 바라보는 사람과 독자에게는 고유한 개별적 인간 존재로 다가오며 감정이 개입된다. 한나의 존재론적 문제는 글을 읽고 쓸 줄 모른다는 사실이다. 끈질긴 성실함을 보인 한나에게 승진의 기회는 열려 있었으나 그때마다 그녀는 행방을 감추었다. 승진 시험이나 행정직 전환의 가능성에도 불구하고 그녀는 글을 읽고 쓸 줄 모른다는 사실을 누구에게도 알리고 싶지 않아 결국 글을 배울 기회마저 잃는다. 문맹임을 감추기 위해 한나는 법정에서까지 자신이 쓰지도 않은 보고서—유대인을 교회에 감금해 놓고 풀어주지 않았음을 서술한—를 자신이 썼다고 말해 종신형을 받는다.

나는 한 수업에서 한나가 처한 개인적 상황과 이유에도 불구하고 그녀의 행동으로 벌어진 결과를 한나 자신이 책임져야 한다고 말한 적이 있다. 그것은 칸트의 '자유의지'의 관점에서 쓴 가라타니 고진의 『윤리 21』에 고양되었기 때문인데, 고진은 그 책에서 범죄자의 행위 자체보다 환경과 같은 원인들에 초점을 두는 일본의 언론방식을 비판하고 있다. 그의 말대로 대개의 사람들은 단지 '악인'이 되지 않아도 되는 환경에서 태어났을 뿐이고, 기독교 공동체에 태어났기 때문에 기독교인이 되는 것뿐이다(『윤리21』, 58쪽). 그런데 환경의 영향과 개인의 자유는 어떻게 작용할까? 가족을 중시하는 한국적 상황에서 사회는 개인의 범죄를 어머니 탓으로, 가정으로 환원시키면서 자식의 죄를 부모의 책임으로 돌린다. 이러한 시각이 부모를 죄책감 속으로 빠져들게 만들며, 범죄자 개인은 잊히게 된다. 즉 개인의 범죄가 어린 자녀—성인 자녀의 경우도 마찬가지다—의 가정환경, 그 부모에게로 겨냥되어 개인이 아닌, 자식의 범죄로 인식된다.

한나의 경우, 자신이 속한 시대적 환경이 한나 개인의 비밀과 교묘하게 얽혀 범죄에 가담하게 된 비극이라 할 수 있다. 그러나 그녀가 행한 행위의 원인보다 결과에 대한 책임에 주목해야 하는 것은 인간으로서 부여받은 자유의지 때문이다.

그런데 『책 읽어주는 남자』는 한나의 행동에 대한 책임을 묵인하는 것이 아니라 전체 속의 개인, 죄 속의 개인, 가치관의 상대성에 대한 이야기에 더 큰 초점을 맞추고 있다. 첫사랑이었던 여인이 피고가 되어 나타났을 때 미하엘에게는 한나와의 그 모든 기억이 통째로 다가온다. 말도 없이 떠나 버린 한나는 그에게 원망과 증오와 아련함의 잔여로 남아 있다. 그는 재판 과정에서 한나와 만났던 시절을 회상할 수 있다. 그 회상은 마치 조각난 퍼즐이 맞춰진 것처럼 한나의 행동, 특히 그녀가 말없이 미하엘을 떠나 버린 행동에 대한 해답을 알려 준다. 재판장에서 직감적으로 한나가 글을 읽고 쓸 줄 모른다는 사실을 알게 되었을 때 미하엘에게 주마등처럼 스쳐 가던 과거의 일들. 그는 한나가 사랑을 나누는 대가로 그에게 책을 읽어 달라 했던 일과 식당에서 주문하는 일을 어린 그에게 모두 떠맡긴 일, 읽을 수 없다는 사실을 들키기 싫어 그가 남겨 놓은 쪽지를 못 본 척하고 호텔방에서 사라진 일을 떠올린다. 그리고 지금, 읽고 쓸 줄 모른다는 작은 수치 때문에 그녀 자신의 미래를 내팽개쳐 버리려 한다는 사실과 마주하면서 안타까움과 분노를 느낀다. 그는 한나를 이해할 수 있었다. 따라서 고통을 느꼈다. 그녀를 이해하는 것이 그녀의 죄를 용서하는 것이 될 수 없기 때문이다. 그리고 그녀에게 죄를 물리는 것 또한 그녀를 이해하는 그에게는 불가능한 일이었다.

나는

당신의 존재를 반짝이는 어둠 속에서 느껴요

종이 뭉치는 찢겨져 있고 계속해서 새로 늘어나요,

아무런 흔적 없이, 아무런 상처도 없이, 나는

여러 언어를 들어요,

사랑하는 이들의, 증오를 택하는 이들의

배신자들과 배신당하는 이들의 목소리를, 한숨을, 애도와 희망을,

그들 모두는 긴 미로 속을 여행 중이에요.

그들 위에 불꽃이, 환영의 불꽃이 피어올라요.

나는 당신의 존재를 느껴요, 침묵을 들어요.

(자가예프스키, 「고딕」)

미하엘은 한나의 재판을 방청한 후, 한 강제 수용소에 가본다. 자가예프스키 시에서처럼 그는 한나의 상황을 느껴 보고 싶었던 것이다.

미하엘은 눈을 감는다. 눈을 감고 수감자들과 감시원들 그리고 고통으로 가득 찼을 수용소의 모습을 상상해 보려고 했지만 헛수고였다. 그곳에 펼쳐진 외부 세계가 아닌 자신의 내면에서 구체적인 이미지를 찾다가 아무것도 찾지 못하자 그는 엄청난 공허감을 느꼈다. 그는 그만큼 한나의 범죄를 이해하고 싶었고 동시에 또 그에 대해 유죄 판결을 내리고 싶었다. 하지만 너무나 두려웠다. 미하엘이 한나를 이해하려고 하는 데에는 동기가 있다. 한나와의 개인적인 관계로 인해 그녀는 죄를 지은 감시원들 그 자체가 될 수 없는 것이다. 그런 미하엘과 한나에 대한 이해, 개인에 대한 이해가 독서에 가담함으로써 이

루어진다. 독서의 특수성에 관한 이 소설은, 소설을 읽지 않으면 화자가 느끼는 감정의 결을 따라갈 수가 없다. 한나의 자살 이후 수감되었던 방에는 여러 권의 책들과 사물들 외에 신문에서 오려낸 사진이 남아 있다. 검은 양복 차림으로 악수를 나누고 있는 한 중년신사와 소년이었는데, 그 소년은 바로 미하엘이었다. 고등학교 졸업식장에서 학교장에게 상장을 받고 있는 중이었다. 한나가 그 도시를 떠나고도 한참 뒤의 일이었는데 글을 읽고 쓸 줄 모르던 그녀가 신문을 어떻게 구했는지 알 수 없는 일이라고 미하엘은 생각한다. 한나는 어린 미하엘을 무시해서 말 한마디 없이 떠난 것이 아니었다. 재판이 열리던 중에도 그 사진을 몸에 지니고 있었을 한나 생각에 미하엘은 가슴과 목구멍에 눈물이 고여 오는 것을 느꼈다.

직접 책을 집어든 독자의 자의적인 태도는 이미 감정의 개입을 전제한다. 선택한 책에 대하여 동의하고 긍정하면서 자율적으로 열리는 마음은 세계에 대한 관심보다 훨씬 더 내밀하고 정서적이다. 이것이 독서의 특수성인데, 선택을 결정하는 순간의 독자는 화자의 안내에 따라 깊숙한 곳까지 들어가며 온 가슴으로 이야기 속의 인물들에 감정을 이입하고 마침내 동일시하기에 이른다. 한나의 끈질긴 성실함, 문맹, 무지는 독자의 연민을 불러일으키고 답답해하는 화자 미하엘과 마찬가지로 한나를 설득하고 싶게 한다. 미하엘의 생각처럼 "왜 해로울 것이 없는 문맹으로서의 정체 노출 대신에 범죄자로서의 끔찍한 정체 노출을 택했을까?"라고 묻게 된다. 한나에게 있어서는 글을 읽고 쓸 줄 모른다는 자신의 치부를 감추는 것이 교도소에서 보낼 세월 이상의 가치가 있는 것이지만, 정말 그만한 가치가 있는지는 의

나는 수용소 주변을 따라 발이 흠뻑 젖도록 눈 위를 터벅터벅 걸었다. 나는 수용소 구역 전체를 잘 볼 수 있었다. 그리고 지난번 첫 번째 방문 때 헐린 막사들의 토대들 사이로 경사지게 이어진 계단을 따라 내려가면서 수용소 모습을 살펴보던 것을 기억했다. 나는 당시에 어느 한 막사에 전시되어 있던 화장(火葬)용 화덕들도 기억해 냈다. 그리고 또 다른 막사에는 독방들이 있던 것을 기억했다. …… 나는 한 막사를 응시한 뒤 눈을 감고서 막사들을 줄지어 배치했다. 그러고는 한 막사의 치수를 측정한 다음, 안내책자에 의거하여 막사 안의 빽빽한 주거 밀도를 계산하고서 그 비좁은 형상을 상상해 보았다. 나는 막사들 사이의 계단이 동시에 점호대로 사용되었음을 알아내고 수용소를 아래쪽에서 위쪽 끝까지 올려다보면서 그 계단들을 줄지어 뒤로 돌아서 있는 수감자들의 등으로 채워 보았다. 그러나 그 모든 것은 헛수고였다. 나는 그것이 제대로 되지 않아 비참하고 부끄러운 느낌만을 느꼈다. (『책 읽어주는 남자』, 196~197쪽)

문인 것이다. 미하엘의 아버지는 말한다.

> "어른들의 경우에는 내가 그들에게 좋다고 생각하는 것을 그들 스스로가 좋다고 여기고 있는 것보다 더 우위에 두려고 하면 절대 안 된다."(베른하르트 슐링크,『책 읽어주는 남자』, 180쪽)

> "만약에 네가 서술한 상황이 그 사람에게 어쩌다가 생긴 것이거나 아니면 유전적인 것에 그 원인이 있는 것이라면, 너는 당연히 행동을 해야 한다. 네가 상대방을 위해 무엇이 좋은 건지 알고 있고 그 사람이 그것을 깨닫지 못하고 있는 상황이라면, 너는 당연히 그 사람이 그에 대해 눈을 뜨도록 해주어야 해. 물론 최종 결정은 본인한테 맡겨두고서 말이다."(같은 책, 182쪽)

그러나 미하엘은 한나를 만날 자신이 없다. 한나에 대한 기억들과 작별은 했지만 완전히 극복한 것이 아니었다. 상실의 아픔을 가져올 만큼의 사랑을 더 이상 하지 않겠다고 단호하게 마음먹고 있었는데, 이런 마음은 지금의 그를 오만하고 우쭐해하는 사람으로 만들어 놓았다. 그는 매정함과 극단적인 감상성의 병존으로 한나에 대한 트라우마를 가지고 있었다. 그리고 무엇보다 아우슈비츠에서 한나가 처했을 상황이 이해는 가도 죄가 아닌 것은 아니었던 것이다. 결국 선택은 한나의 것으로 고스란히 남겨야 했다는 것, 그리고 그렇게 함으로써 죄책감에서 빠져나올 수 없었던 것이 그로 하여금 책을 읽게 하고 그것을 녹음한 테이프를 한나가 수감된 교도소로 보내게 만든다. 한

나의 정지된 삶은 어쩌면 미하엘이 보낸 테이프와 함께 새롭게 가동된 것일지도 모른다. 그것을 굳이 사랑이라고 입 밖으로 꺼내지 않아도 될 것이다.

홀로코스트에 대한 많은 서적들은 피해자의 입장에서 쓰였고, 그것은 당연한 일이었다. 가해자 중에 한나 같은 피해자는 홀로코스트의 전체 문제를 고려할 때 중요하지 않은 이야기일지도 모른다. 그러나 한나 개인을 가해자로 놓으면서 피고가 되는 한 명의 책임자를 지목하면서 국가적 수치심을 벗을 수는 없다. 변명이나 합리화, 혹은 거짓이 없는 한나를 향해 "당신 왜 문을 열어 주지 않았습니까?"라고 질문한 판사에게 한나는 대답 대신 "재판장님 같으면 어떻게 했겠습니까?"라는 반문을 한다. 한나는 "열어 줄 수가 없었으며, 어떻게 달리 행동할 수 있었는지 정말 몰랐다"고 대답한다. 다른 피고들은 교회 문을 열어 주지 않은 것에 대해 변명을 늘어놓는다. 폭탄이 떨어졌을 때 공포에 사로잡혀 있었으며, 부상을 입었으며, 부상당한 경비대원들과 다른 여자 감시원들 때문에 정신이 없었다, 교회 근처에 있지 않았다 등등이다. 그들은 교회 문을 열어 주지 않은 것이 죄라는 사실을 알고 있었던 것이다. 그러나 한나는 교회 문을 열어 주지 않은 것이 잘못이라고 생각하지 못했다. 법정의 사람들과 달리 독자들은 한나를 미하엘의 시선으로 쫓으면서 그녀의 고통 앞에 멈춰 선다. 법정에서 몰리고 있는 그녀의 삶에 간접적으로 개입하면서, 그녀가 억울하며 끈질기게 솔직하고 글을 읽고 쓸 줄 모른다는 본원적 약점으로 인해 또 다른 희생자가 되었다는 것에 공감한다.

한나는 자신이 속한 시대의 국가, 문화에 속해 있었다. 개인적인 한

나를 이해한다는 문제는 바로 그녀가 속한 과거사, 과거의 타자와 현재의 우리의 관계 때문에 그대로 통과될 수 없다. 독서는 한나뿐만 아니라 말이 없는 죽은 자를 현재로 소환하는 것이기 때문이다. 이때 우리의 분노가 법정의 판사와 다른 증인들, 한나에게 죄를 뒤집어씌우는 변호사들로 향한다. 그들은 선과 악, 무죄와 죄를 구분해야 하는 그들의 의무, 또는 직업적 업무에 의해 사건을 종결하고 과거사건을 해결했다는 사실을 선포해야 하는 것이다. 미하엘의 지적처럼 그것은 수치심으로 인한 고통을 극복하기 위한 손가락질에 지나지 않는 것처럼 보인다. "손가락질은 수치심의 수동적인 고통을 에너지와 행동과 공격심리로 전환시켜 주었다"는 그의 서술은 독자로 하여금 무언의 동의를 끌어낸다. 한나의 죄가 무효가 되는 것이 아니라 죄에 대한 판단, 인식의 다면적 시선이 가능해지는 것이다.

법정에 모인 모든 사람들은 피고가 될 한 책임자를 지적함으로써 정당화시키는 것에 목적을 두고 있었다. 그것은 눈앞에 있는 타인의 사악한 면에 대한 거만한 태도는 아니었을까? 그들의 태도는 정의의 판단을 위장한 적대감은 아니었을까? 누스바움은 독서를 통해 여러 상황의 삶들에 간접적으로 개입한 독자는 실질적으로도 자신 앞에 놓인 다른 집단에게 적용할 수 있는 '공상하는' 습관을 배우게 된다고 지적한다. 이렇게 해서 세상을 보는 법을 배운 독자는 본 것에 대해 관찰자로서 재성찰하게 되는 것이다. 그것이 소설이 공적 합리성에 기여하는 부분이다. 공상하는 습관을 배운 개인은 공감적 상상력이라는 문학적 태도로 개인을 대할 때, 최소한 잠시 동안이라도 인간에 대한 비인간적인 묘사를 멈출 수 있는 것이다. 이것이 바로 문학이 놀이로서만 그치는 것이 아니라 인식론적인 차원까지 나아가는 부분이다.

삶의 역설

독서의 시간은 책의 부피에 의한 것이 아니다. 앎에 대한 탐욕은 일화의 가장 뜨거운 부분들에 더 빨리 도달하기 위해, 지루하리라고 예상되는 몇몇 구절을 스쳐가거나 건너뛰게 한다(『텍스트의 즐거움』, 58쪽). 그러나 한 나라의 특수한 정치 상황에 대해 상세하게 묘사된 서술부분을 뛰어 넘는 것, 그것은 단순한 건너뛰기가 아니라 삭제이고, 생략이다. 지겹다고 건너뛰지 않기를 권한다. 작가가 어떤 상황을 유난히 길게 묘사한다면, 그는 그 시간에 속한 사건에 대해, 혹은 묘사에 대해 야심을 가지고 매달리는 것이고, 작품의 긴장에도 영향을 미친다. 줄거리의 고리만을 따라 띄엄띄엄 읽으면 즐거움에 다다르지 못한다. 무엇이 일어나기를 원하겠지만 아무것도 일어나지 않을 것이다. 오늘날의 저자들을 읽기 위해서는 게걸스럽게 먹지도 삼키지도 말고, 이리저리 한가롭게 풀을 뜯거나 아주 가까이 섬세하게 털을 깎는 옛 독서의 여유를 되찾는 것이 필요하다(같은 책, 60쪽). 그렇게 한다면 저자가 여기저기 심어놓은 수수께끼를 알아내어 어느새 희미한 미소가 입가에서 흘러나올 것이다. 이어서 독자 스스로 책의 수준을 가리게 될 것이며, 취향을 찾을 것이고, 현실과 환상을 조화롭게 거느리는 유연한 사람이 되어 있을 것이다.

15년 전에 루드빅에게는 무슨 일이 일어났을까? 밀란 쿤데라의

『농담』에서 루드빅을 이해하기 위해서는 특수한 시대상을 먼저 알아야 한다. 공산주의 혁명기에 해학이나 아이러니 같은 것은 용인되지 않았다. 자랑스러움, 금욕적이고 장엄한 기쁨만이 자리했다. 당시의 루드빅은 장난기가 상당했지만, 받아들여지지 않는 시대였던 것이다. 소설은 네 사람의 각기 다른 화자들의 기억에 의한 장을 이루고 있다. 제1화자인 루드빅은 어떤 '일을 수행하기 위해' 15년이나 찾지 않았던 고향으로 돌아온다. 여느 소설들과 다르게 그는 고향을 떠나기 위해서가 아니라, 돌아오는 것으로부터 이야기를 시작하고 있다. 그러나 떠나야 했던 바로 그 이유 때문에 돌아왔다는 사실이 밝혀지고, 이야기는 과거의 기억을 되살려낸다. 그는 고향이 아닌 다른 곳에서 15년을 살면서 이곳에 대해 무관심해졌다고 믿었다. 그러나 고향에 돌아온 순간, 그의 감정이 무관심이 아닌 원한이라는 사실을 깨닫는다. 고향에 돌아온 순간 억압되어 있던 기억들이 눈앞에 보는 모든 것들에 배어들어 있다는 것을, 그리고 기억들로부터 달아나지 못하리라는 것도 알게 된다.

어린 시절에는 심각함에 도전하듯 모든 진지한 것들에 장난을 치거나 배반하고 싶은 반항심이 있다. 루드빅에게는 그런 대상이 마르케타였다. 누구나 좋아했던 그녀를 차지해 보려고 남자애들은 얼마큼의 시도를 해보던 차였다. 루드빅은 그녀와 있을 때 모든 것에 대해서 농담만 하고 무엇이든 우스꽝스럽게 만들어 버리곤 했다. 그녀를 사랑한다는 충만한 감정 때문이 아니라 자신이 그녀를 애타게 그리워하는 것에 반해, 그녀는 만족스럽고 행복해한다는 사실을 참을 수가 없었다. 그의 모든 불행이 여기에서 시작되었다. 그는 '건전한 정신'을 배양하는 연수회에 가 있던 마르케타에게 엽서를 보낸다. 소설의 후반에 루드빅의 고백적 서술에서 볼 수 있듯이 그의 엽서 내용은 농담이었다.

> …… 내 인생의 일들 전부가 엽서의 농담과 더불어 생겨났던 것인데? 나는 실수로 생겨난 일들이 이유와 필연성에 의해 생겨난 일들과 마찬가지로 똑같이 실제적이라는 것을 느끼며 전율했다.
> 내 인생의 모든 일들을 전부 취소할 수 있다면 얼마나 좋을까! 하지만 그 일들을 초래한 실수들이 **내가** 한 실수들이 아니라면 무슨 권리로 내가 그것을 취소할 수 있겠는가? 사실, 내 엽서의 농담이 심각하게 받아들여졌을 때, 잘못했던 사람은 **누구인가**? 알렉세이의 아버지가 감옥에 갇히게 되었을 때, 잘못했던 사람은 누구인가? 이런 실수들은 너무도 흔하고 일반적인 것이어서 세상의 이치 속에서 예외나 '잘못'도 될 수 없고 오히려 그 순리를 구성하는 것이었다. (밀란 쿤데라, 『농담』, 391쪽)

루드빅은 엽서의 내용은 잊고 9월이 되자 기쁜 마음으로 개학을 맞이한다. 개학 이튿날이 되자, 당 사무국으로부터 오라는 전화를 받는다. 이 순간부터 루드빅이 무관심이라고 둘러댔던 원한으로 기억을 채울 일이 시작된다. 세 명의 동지들은 그를 심문하기 시작한다. 그의 엽서에 담긴 단어 하나하나가 찢겨지면서 해석된다.

'낙관주의'

'인류의 아편'

'트로츠키주의자'

루드빅의 농담은 엽서에 남긴 글 때문에 농담이 아니라 '네 자신이 분명히 그렇게 쓴' 사실이었다. 엽서의 진의였던 루드빅의 '장난', '농담', '아무 의미 없는 말'은 심문을 받는 방에서 동지들의 목소리를 통해 발설되는 순간, '기막힌 울림을 지닌' 것이 되었다. 루드빅은 엄습해 오는 두려움을 느꼈다. 학생연맹에서의 직책들을 박탈당하자 이 사건이 전부 말도 안 되는 것이라고 굳게 믿으려 했다. 그러나 동시에 자신이 쓴 엽서의 내용을 제3자인 심문자들의 눈으로 보기 시작했다. 허풍기 서린 가면을 쓰고 있으나 그 문장들은 어쩌면 정말로 대단히 심각한 어떤 것을 드러내는 것인지도 몰랐다. 마침내 장난으로 쓴 자신의 엽서가 죄가 되지 않는 것은 아니라는 생각에 길들여지게 된다. 엽서의 글자는 증거가 되고 그 증거에 대해 어떠한 변명도 허락되지 않았다. 당시 강당은 모두 진지함에 마비된 상태였다. 루드빅을 관찰하고 판단하고 판결을 내릴 때 수치심을 불러일으키는 동지들의 예리한 이목은 루드빅 자신에게로 이식된다. 이렇게 자신이 잘못하지도 않은 일에 대해 자기비판으로 내모는 방식이 루드빅으로 하여금 자신을 의심하고 배신하게 하는 분위기를 조성한다. 루드빅은 학업의 권리를 잃고 군복무를 하게 된다.

이 모든 사건은 그의 말대로 젊음에 대한 것이다. 아직 미완의 나이에도 불구하고 다 완성된 사람으로 행동하기를 요구하는 세상에 의해 젊은 사람들은 이런저런 형식과 모델, 유행하는 것, 자신들에게 맞는 것, 마음에 드는 것 등을 자신의 것으로 삼는다. 그리고 연기를 한다. 루드빅이 엽서 건 때문에 심문을 받을 때 그는 스무 살이었다.

그를 심문하던 사람들도 그보다 겨우 한두 살 더 많았을 뿐이다. 그들은 자신들이 가장 탁월하다고 믿는 가면, 즉 금욕적이며 강직한 혁명가의 가면 아래 자신들의 완성되지 않은 얼굴을 감추고 있는 어린아이들이었던 것이다. 루드빅은 이 역할 저 역할을 왔다 갔다 하면서 혼란스러워하다가 붙잡힌 것이다. 그렇게 모든 가치 체계가 흔들려 버리는 젊음이란 참혹한 것이라는 생각에 이르자 루드빅은 분노를 느꼈다.

군에서 그는 자신이 예전에 알고 있던 시간이 아닌, 순수하게 텅 빈 시간을 살아야 했다. 그의 비유대로라면, 오케스트라가 음악소리를 내지 않는 휴지(休止)인데, 악보의 약정된 기호에 의한 휴지가 아니라 한정이 없는 휴지를 살아내야 하는 것이었다. 그는 삶의 연속성이 사라졌다고 생각했다. 그전까지 무심코 받아들인 그런 시간이 아니었다. 그것은 『티보 가의 사람들』에서 자크가 갇혀 있던 소년원에서 보낸 시간과 비슷하다. 자크는 소년원에서 아무것도 하지 않는 삶의 지극히 권태로운 시간을 끔찍해하는 동시에 그런 무위에 익숙해져 새로운 삶을 두려워하기도 했다. 루드빅은 이것에 대해 '비인격화의 어스름에 적응해 가는' 것이라고 서술한다. 그러나 그는 군인으로서의 고독 때문에 수음을 하거나 창녀를 찾아다니는 것으로밖에는 사랑을 할 수 없다는 사실에 대해 슬퍼했다. 그런 와중에 루치에를 만난다. 루치에는 앞에서 언급한 이발소에서 루드빅의 15년 전 기억을 한꺼번에 불러내온 바로 그 여자이다. '우수로 가득한 느림' 때문에 루드빅의 눈을 떼지 못하게 만든 그녀는 돌연히 불붙은 사랑이 아니라, 그녀가 나중에 그에게 어떤 사람이 될지에 대한 일종의 예시 같은 것을 주는 사람이었다.

루드빅은 『책 읽어주는 남자』의 미하엘처럼 성년이 된 이후 어떤 여자와도 진정한 관계를 가지지 못한다. 말하자면, 아무도 사랑하지 못했으며, 그런 자신에 대해 참담한 심정을 가지고 있었다. 그의 기억 속에는 그 강당, 백 명이 손을 들어 자신의 삶을 파탄으로 내몬 결정이 이루어졌던 강당이 떠올랐던 것이다. 그리고 그 기억은 집요해서 여러 번 그로 하여금 그 사건의 변형판을 만들어 내게 하였다. '추방이 아니라, 교수형이 제안되었다면 어떻게 되었을까' 하는 의문이 그가 사랑에 실패한 원인인지 몰랐다. 그는 새로 사람들을 알게 될 때마다 남자든 애인이 될지도 모를 여자든, 머릿속에서 그들을 그 당시의 그 강당에 옮겨 놓고 그들이 손을 들 것인가 말 것인가 자문해 보는 버릇이 생겼다. 루치에는 사람들이 그를 거만하다고 불평하던 시기 이전에 만난 여자였다. 그러나 그녀는 그를 한층 더 비참하게 만들었다. 루드빅이 군대에서 위험한 순간에 변장을 하면서까지 루치에를 만나러 왔지만 그녀는 몸을 빼고 그의 욕망을 받아 주지 않는다.

그는 처참하게 망가진 젊음과 욕망을 억누르며 보내야 했던 기나긴 나날들, 욕망의 좌절 끝에 오는 이 한없는 굴욕감, 헛되이 마르케타를 따라다녔던 일과 루치에에 대한 헛된 구애를 머릿속에 떠올렸다. 그러자 소리라도 지르고 싶은 심정이 되었다. 도대체 어째서 자신이 어른으로 심판받고 추방되고 트로츠키주의자라고 선언되고 탄광으로 보내지고 그렇게 모든 데에서 어른이어야 하면서 사랑에서만은 어른이 될 권리도 없고 이렇게 미숙해서 모든 창피를 감수해야 한다는 말인가? 루치에가 말할 수 없이 미웠다(『농담』, 163쪽). 그렇게 하여 루드빅은 루치에를 잃었으며 그 순간부터 그 모든 절망과 공허의 기나긴 여정이 시작되었다. 어머니가 돌아가셨고, 군복무 기간 이후 탄광에서 3년을 더 일하기로 계약했다. 그는 자신이 영웅적 행동을 한 것이 아니라 추방된 자에 지나지 않다는 사실을 인식해야만 했다.

그러나 루드빅의 친구 코스트카의 기억은 다르다. 루치에의 사연을 알게 된 코스트카에게 루치에를 사랑한 병사는 병영의 철조망에 갇혀 여자 구경도 못한 수컷의 저열한 난폭함 속에 감미롭고 달콤한, 진부한 사랑의 말들을 섞어 넣고 있는 광적인 인물일 뿐이다. 코스트카는 그 병사가 루드빅인지 알지 못한다. 반면, 루치에가 열여섯 살에 부모 대신 사랑을 쏟아부었던 또래의 남자 아이들 한 패로부터 돌아가며 겁탈당했던 것을 루드빅은 알지 못했다. 코스트카가 보기에 루드빅은 15년 전 인생의 파멸에 처했을 때 신을 믿지 않았기 때문에 그의 파멸에 동의한 모든 사람들을 용서하지 않았고, 그때 이래로 인류에게서 믿음을 거두어 버렸고 증오를 퍼붓고 있다. 그리고 그 증오는 루드빅의 저주가 되어 버린 것이다. 아무것도 용서되지 않는 세상, 구원이 거부된 세상에서 산다는 것은 지옥에서 사는 것과 같다. 그러나 코스트카가 말하는 '증오가 죄악'이라는 것은 종교적 용서의 선상에서 이야기될 수 있는 것이다. 소위 '신들의 눈'이 있다면, 우주 전체를 악도 아니고 선도 아닌 시선으로 바라볼 것이다. 신과 달리 인간이 살고 겪는 시련 속에서 '계시'를 받기란 아주 드문 일이다. 따라서 자신을 파멸에 몰아넣은 사람들 중의 한 명인 제마넥을 만났을 때 루드빅은 공포를 느낀다. 제마넥은 변했다고 선언할 수도 있고, 용서를 구할 수도 있을 것이었다. 하지만, 루드빅 자신은 변하지 않았다. 그는 제마넥과 화해할 수 없다. 그렇게 한다면 내적 균형이 일시에 깨져 버릴 것이었다. 내면의 저울의 한쪽이 단번에 공중으로 날아가 버릴 것이었다. 그를 향한 증오가 루드빅의 젊은 날에 닥친 고통의 무게와 평형을 이루고 있음을, 이런 고통을 초래한 악의 화신임을 제마넥 자신은 알 수 없을 테지만, 루드빅도 설명할 수 없을 터이다. 현재의 루드빅에게 중요한 것은 그가 제마넥을 반드시 증오해야 한다는 점이다.

그런데 저자는 코스트카가 자신과 비슷한 운명을 가졌다고 생각하는 루드빅이 화해할 줄 모르며 반항적인 반면, 코스트카 자신은 적들을 용서하였으며, 평화적이라는 주장을 부서뜨린다. '신앙의 힘자랑'이며 '편집증 환자의 완고함'이라는 자기 고백적 목소리를 통해 코스트카는 자신이 인간적 책무들을 면하기 위해 핑계를 댄 것이라고 말한다. 그는 자신의 아내를, 그리고 루치에를 거부하기 위하여 종교를 핑계 삼았다. 15년 전 그는 자발적으로 대학을 떠났다. 여섯 살 연상인 아내를 좋아하지 않았다. 그녀의 목소리도, 그녀의 얼굴 모습도, 늘 반복되는 가정의 시곗바늘 같은 일상도 더 이상 견딜 수가 없었다. 더 이상은 그녀와 같이 살 수 없는 상태였지만, 전혀 잘못한 게 없는 아내에게 이혼하자고 할 수가 없었다. 그때 축복과도 같이 예수님이 그 올가미들을 떠나라고 격려해 주는 소리를 들었다. 그렇게 어떤 사건이 일어날 때마다 코스트카는 불화를 일으키지 않고 종교적인 이유에서 그 자리를 벗어났다. 루치에의 사랑이 부담스러울 때도 자신의 입으로 거절하지 않고 떠날 수 있는 기회가 종교적인 이유에서 생겼던 것이다.

한편, 야로슬라브*의 시점에서는 어떻게 그려질까? 야로슬라브의 시점은 소설 4부에야 나타난다. 야로슬라브의 서술에 의하면, 루드빅은 맏아들이고, 동생이 죽은 후여서 외아들이기도 했다. 아버지는 그가 열세 살 때 수용소에 끌려간 이후 볼 수 없었다. 이후 루드빅은 군대 생활과 수감 생활, 몇 년간의 탄광 일을 겪고 프라하에서 다시 공부를 계속하기 위한 방도를 강구하고 있었다. 이때 경찰서에서 필요한 절차가 있어 고향으로 온 루드빅을 만났을 때, 그는 동정 같은 것을 불러일으킬 만한 구석이라고는 전혀 없이 거칠면서 강인한 모습이었다. 그러나 루드빅은 당에서 추방당하는 것이 무엇인지, 자신과 비슷한 처지의 사람들이 계속 추적당했고, 그들이 한 말이 모두 면밀히 기록되었다는 것을 이야기하면서 자신과 나눈 토론에 대해 잊어버리기를 부탁했다. 누설될까 봐, 고발당할까 봐 두려워 하고 있었던 것이다.

같은 시간과 같은 공간에서 일어난 어떤 사건, 혹은 그 사건에 연루된 사람을 기억하는 방식은 각기 다르다. 누구나 언제나 이기적으로 자신의 입장을 합리화한다. 그리고 자신의 기억을 완전한 것처럼 여긴다. 그러나 『농담』의 독서를 통해, 화석화된 불완전한 기억 때문에 자기 확신에 빠져 불행할 수도 있다는 것을 알 수 있다. 제마넥의 아내 헬레나는 루드빅이 자신을 사랑하고 있다고 생각한다. 그런데 루드빅은 자신의 복수를 위해 헬레나를 이용한 것뿐이다. 헬레나에게는 루드빅과 함께 한 작은 식당의 툴툴거리는 종업원, 얼룩진 식탁

---

* 야로슬라브는 학창시절에 8년을 같은 걸상에서 보내고 함께 전통 음악을 연주하던 루드빅의 친구로, 최근에는 가무장의 단장을 맡고 있다.

보마저 근사했다. 그러나 루드빅에게는 이런 헬레나의 칭찬이 가식으로 비칠 뿐이다. 그는 누가 '자기는 무엇이 좋고 무엇이 싫다'는 등의 이야기를 털어놓으면, 그것은 그 사람이 드러내고 싶어 하는 이미지를 알려 주는 것에 지나지 않는다고 생각하여 절대 그대로 받아들이지 않았다. 루드빅의 이러한 철저한 불신은 소설 초반에 아주 단호하게 서술된다. 그는 자신이 인간에 대해, 특히 여자에 대해 꿰뚫고 있다고 생각하는 것이다.

작가는 확고한 자기중심적 사관에 사로잡힌 인간의 어리석음을 한 쾌에 끌어내린다. 루드빅은 "여자의 생각을 다루는 데에는 반드시 지켜야 하는 나름의 규칙이 있는 법"이라고 내세우면서 여자를 다루는 법을 늘어놓는다. "여자가 자기 자신에게 부여하고자 하는 이미지(원칙이나 이상, 신념) 같은 것을 파악하고, 우리가 바라는 그녀의 행동과 그 이미지가 조화로운 관계를 맺을 수 있도록 (궤변을 동원하여) 노력하는 것이 훨씬 더 현명한 일"이라고 믿는다. 그러나 그는 루치에에 대해서는 전혀 이해하지 못하지 않았던가. 마찬가지로 루드빅은 단호하게 복수를 결심하고 계획을 세우고 실행에 옮겼으나 그 단호함을 배반하는 모호함에 빠져든다. 언제나 본질은 모호하지 않던가. 과연 그의 농담은 농담의 본질에 가닿았을까?

놀라운 발견

루드빅이 나이가 들어 발견한 사실은 젊음이 환희가 아니라 참혹하다는 것이다. 그때는 자신이 누구인지, 무엇이 되고 싶은지 몰랐기 때문에 여러 개의 얼굴을 가질 수밖에 없었고, 그 얼굴들 뒤를 이리저리 헤매고 다녀야만 했다. 사랑에서마저도 서투르고 자신감이 없었으며 상대가 아니라 자신의 감각과 생각들에 빠지게 만들었다. 그와 같은 자아중심주의에 빠져 있었고 자신의 고독, 욕구에 매달렸다. 그러나 나이가 든 지금 그는 회의적이면서도 비합리적인 미신을 가지고 있다. 그의 미신을 들여다볼 필요가 있다. 우리가 현상적으로 느끼고 속해 있는 삶은 보이는 것처럼 투명하지도 순수하지도 않다. 삶은 오히려 해독해야 할 수수께끼이다. 루드빅과 마찬가지로 우리가 겪는 일들은 동시에 우리 삶의 신화를 형성하는 것이 아닌가? 이 신화는 진실과 불가사의의 열쇠를 모두 지니고 있다. 이것이 상상이든 미신이든 내가 나의 삶을 해독하려는 욕구를 지속적으로 발생시킨다면 삶은 내게 비밀을 드러내고 말 것이다. 쉽게 드러나지도 않고 쉽게 풀리지도 않을 수수께끼가 삶에 암호를 새겨놓았다.

아침에 루드빅이 이발소에 들렀던 것은 사실이지만, 그곳에서 루치에를 만난 것은 사실이 아닌 것만 같다. 루치에라는 것을 확인했음에도 불구하고 15년 전에 사라져 버린 그녀는 마치 진짜 얼굴을 가린 가면을 쓴 듯했고, 낯선 목소리를 지니고 있었다. 기억하고 있는 그녀의 얼굴과 목소리가 가짜일지 모른다. 그렇다면 루치에와 만나던 시절의 루치에는 진짜였을까? 루치에에게 진심이었다던 그의 마음은 진짜였을까? 단지 기억에서 화석화된 것은 아닌가? 그녀의 존재성과 기억 속의 얼굴은 기이할 만큼 멀다.

기억은 단지 과거에 대한 회상이 아니다. 기억은 유연하지도 않으며 조각조각으로 굳어진 설탕과자 같다. 그 굳어 있는 조각대로 현재의 나에게 진실처럼 간직되어 있다. 나의 기억은 정당한가? 내가 원망하고 증오하는 기억들은 진실한가? 이러한 의심은 과거의 기억이 개인적인 경험의 바탕이 되었다고 말하기 어렵게 만든다. 나이가 든 루드빅이 젊음을 참혹한 것으로 기억하면서 회의적인 태도를 갖게 된 것만 보아도 크리스토퍼 이셔우드의 『싱글맨』에서 조지가 말하는 '경험'에 대한 설명은 타당하다는 사실을 알 수 있다. 그는 "경험이 쓸모 있느냐"는 제자 케니의 질문에 자신은 나이가 들수록 전혀 현명해지지 않는다고 대답한다. 그가 경험이 없어서가 아니라 이런저런 일들을 겪었다 해도 그런 일을 다시 마주할 때 '또 나타났군'이라고 인식할 뿐 도움은 안 된다는 것이다. 그래서 그가 제시한 대안은 어떤 일에 맞닥뜨렸을 때 그 일을 그때그때 있는 그대로 받아들이면, 그게 오히려 경이로울 수 있다는 것이다. 버지니아 울프의 『댈러웨이 부인』에서 클라리사의 옛 친구 피터는 "젊을 때는 너무 흥분해 있어서 사람들을 알지 못한다"는 말을 한다. 그러나 루드빅과 달리 그는 "나이가 들고 보니, 바라보고 이해하면서도 느끼는 힘은 줄지 않는다"고 덧붙인다. 그는 매년 훨씬 더 깊고 훨씬 더 열정적으로 느끼게 된다. 그러나 루드빅은 억울했고 자신의 삶이 파멸로 치닫는 젊은 시절에 매여 있다. 더 두려운 것은 그 매여 있던 세월마저 무너져 버릴 것 같았기 때문이다. 루드빅의 고백적 서사는 상호 소통적 대화가 아닌 침묵에 새겨진 독백적 글쓰기로 이루어져 있기 때문에 기억과 감상은 때로 뒤틀리고 희미하며 파편화된다. 슬픔과 좌절, 공포와 증오가 박혀 있다. 그러나 이러한 감정들에 스스로 더욱 몰두하고 빠져들면서 그 감정들을 악화시키고 말았다.

고백

이언 매큐언의 『속죄』에도 열세 살 소녀의 거짓 증언으로 평생 상처와 피해를 겪는 두 연인이 등장한다. 브리오니 자신은 열여덟 살이 될 때까지도 자신이 거짓말을 했다고 생각해 보지 못했다. 자신이 나약하고 어리석고 혼란스럽고 비겁했다고 생각하여 스스로를 증오해 왔을 뿐이다. 열세 살 당시 작가가 되겠다는 환상에 사로잡혀 있던 브리오니는 분수대 옆에서 일어났던 세실리아 언니와 로비 사이의 알 수 없는 사건을 목격한다. 오만하게 손을 들고 뭐라고 명령을 내리는 로비에게 세실리아가 순순히 복종하고 있는 것 같은 모습이었다. 세실리아는 로비의 명령에 따라 블라우스와 치마를 차례로 벗고 있었다. 이어서 속옷만 입은 채로 분수대 연못 속으로 들어갔다. 그리고 얼마 후 연못 밖으로 나와 다시 옷을 입고는 획 돌아서서 꽃병을 집어 들고 집으로 향했다. 언니 방으로 뛰어가 자초지종을 듣고 싶은 충동이 일었지만, 브리오니는 자신이 목격한 일을 혼자 머릿속으로 되살려 내보고 싶었다. 그날 저녁에 로비와 마주친 브리오니는 그가 세실리아 언니에게 전해 달라는 편지를 강렬한 호기심에 뜯어보고는 로비의 세실리아에 대한 섹슈얼한 애정에 충격과 흥분, 그리고 위협을 느낀다. 이런 복합적인 감정이 상상력과 합쳐져서 브리오니는 그날 밤 일어난 롤라의 강간 주범으로 로비를 지목하게 된다. 브리오니는 심문에서 "그를 본 거구나"의 확인식 질문에 "그 사람이라는 걸 알아요"라고 대답한다. 그러자 말을 바꾼 다른 질문이 이어진다. "네가 알고 있는 것에 대해서는 잠시 접어두자. 지금 네 말은 네가 그를 보았다는 거지?" 브리오니는 "네, 내가 그를 봤어요"라고 대답한다. 이제 한 번 더 확인하듯이 "지금 네가 나를 보고 있는 것처럼 말이니?"와 "네가 네 눈으로 직접 그를 보았다는 거지?"라는 질문으로 사건은 로비의 범죄를 확정짓는다. 그렇게 해서 로비는 수감되고 전쟁에 동원된다. 브리오니가 뜯어본 똑같은 편지를 통해서야 세실리아는 그동안 자신이 로비에게서 느껴 온 감정이 사랑이라는 것을 확인한다. 그러나 편지를 읽고 서재에서 서로의 사랑을 확인한 바로 그날, 브리오니는 두 사람을 갈라놓을 말 한마디를 한 것이다. 소설은 브리오니의 평생의 속죄에 대한 것이다.

> 지난 오십구 년간 나를 괴롭혀 왔던 물음은 이것이다. 소설가가 결과를 결정하는 절대적인 힘을 가진 신과 같은 존재라면 그는 과연 어떻게 속죄를 할 수 있을까? 소설가가 의지하거나 화해할 수 있는, 혹은 그 소설가를 용서할 수 있는 존재는 없다. 소설가 바깥에는 아무도 없다. 소설가 자신이 상상 속에서 한계와 조건을 정한다. 신이나 소설가에게 속죄란 있을 수 없다. 비록 그가 무신론자라고 해도. 소설가에게 속죄란 불가능하고 필요 없는 일이다. 중요한 것은 그럼에도 불구하고 그가 속죄를 위해 노력했다는 사실이다. (이언 매큐언, 『속죄』, 521쪽)

인용은 작가 이언 매큐언의 인터뷰가 아니다. 『속죄』 속 결말에 담긴 작가로서의 브리오니의 고백이다. 따라서 속 시원한 속죄로 읽히지 않는다. 『프랑스 중위의 여자』와 「두 갈래로 갈라지는 오솔길들의 정원』과도 겹치는 것은, 사랑이나 속죄 등의 주제가 아닌 소설형식에 대한 소설이라는 점이다. 사실주의 회화가 사진술에 그 역할을 빼앗기면서 다른 기법을 찾아야 했듯이 문학 또한 TV와 영화의 출현으로 시각적 묘사를 그대로 옮기는 방식의 서술과는 다른 방식을 고안해야 했다. 소설의 묘사방식은 시각예술들의 차원을 뛰어넘기 어렵기 때문이다. 그러나 문학 언어의 상상적 지평은 시각화되었을 때 전혀 다른 효과를 일으킨다. 시각예술은 원본인 문학 언어의 묘사를 손상시키는 경우도 있고, 반대로 원본보다 더 뛰어나게 보여 줄 때도 있다. 그러나 뛰어난 경우에 오히려 사람들의 상상력이 제한될 가능성은 크다. 한번 시각화된 이미지에 고착되면 다른 어떤 이미지로도 대체하기 어렵다. 이런 마찰 속에서 문학의 기법은 많은 변화를 겪어 왔다. 이미 앞에서 소개한 『리스본행 야간열차』는 소설 속에 또 한 가지 이야기가 담긴 액자소설이며, 『프랑스 중위의 여자』는 소설 속에 작가 자신을 드러내면서 소설의 결론을 이렇게, 혹은 저렇게 제시하는 메타픽션이다. 지금부터 본격적으로 이야기할 『속죄』는 1부의 사실적 서술방식을 뒤집어 번복하고 의심하는 2부의 반전 형식 때문에 독자를 못내 당황스럽게 한다. 그러나 무엇보다 기록된 역사에 접근하는 다른 방식에 관한 것이기도 하다. 독서활동이 방해받는다고 생각하는 독자들도 있을 것이다.

브리오니가 1935년의 분수대 옆에서 일어난 일에 대해 쓴 첫 소설원고에 대한 잡지사의 평을 살펴보자.

소설의 맨 첫 부분에 등장하는 화자인 창가에 서 있는 아이와, 상황을 제대로 파악하지 못하는 그 아이의 근본적인 한계에 대해서는 훌륭하게 묘사되었습니다. 그 다음에 나오는 그 아이의 결심, 그리고 불가사의한 어른들의 세계로 들어가고 있다는 느낌에 대한 묘사도 좋았습니다. 이제 막 자아가 형성되는 어린 소녀의 모습이 생생하게 머릿속에 그려졌습니다. …… 해결하지 못한 감정이 남아 있는 게 분명한 젊은 남자와 여자가 분수대 옆에서 명나라 시절의 고급 도자기 꽃병을 놓고 옥신각신하다가 결국 그것을 깨뜨립니다. 여자는 깨진 도자기 조각을 줍기 위해 옷을 입은 채 분수 안으로 들어갑니다. 이때 그 모습을 지켜보는 소녀는 꽃병이 깨진 사실을 모르는 것이 더 낫지 않을까요? 여자가 옷을 입은 채 분수 안으로 뛰어드는 모습만 보고 어찌 된 영문인지 모르는 것이 아이가 느끼는 어른 세계의 불가사의함을 훨씬 잘 표현하는 게 아닐까요?
(『속죄』, 437~438쪽)

잡지사 편집자의 편지를 따라가다 보면, 『속죄』의 브리오니가 창문에서 바라본 세실리아와 로비에게 무슨 일어났는지를 알지 못한다는 점과 그녀의 소설 「분수대의 두 사람」에서 깨진 도자기를 줍기 위해 세실리아가 옷을 벗고 수영장 안으로 들어간다는 묘사 중 어느 쪽이 진실인지 모호하게 만들어 놓는다.

우리는 여기서부터 뭔가 흥미진진한 일이 일어날 거라고 기대했습니다. 그러나 귀하는 그 다음 수십 페이지를 빛과 그림자에 대한 묘사와 일상에 대한 인상을 묘사하는 데 할애했습니다. …… 소녀가

브리오니는 상상력을 발휘하여 그녀가 목격한 것이 사실은 그녀만을 위해 마련된 연극이며, 신비의 포장지에 싸인, 그녀만을 위한 특별한 교훈이라고 생각하고 싶은 충동을 느꼈다. 그러나 그녀가 그 자리에 없었더라도 그 일은 일어났을 것이다. 그 장면은 그녀를 위해 마련된 것이 아니었다. 그 시각에 마침 창가에 있던 그녀가 우연히 그 장면을 목격한 것뿐이었다. (『속죄』, 65~66쪽)

> 자기 앞에 펼쳐진 이 이상한 장면을 완전히 오해하거나 화를 낸다면, 그것이 젊은 남녀의 인생에 어떤 영향을 미치지 않을까요? 그들 사이에 끼어들어 그들에게 끔찍한 불행을 가져다줄 수도 있지 않을까요? 아니면 의도했든 의도하지 않았든 간에 그들을 맺어 줄 수도 있지 않을까요? 그럴 의도는 없었지만 어떤 식으로든 그들의 관계를 사람들에게, 예를 들어 여자의 부모님에게 폭로하게 될 수도 있지 않을까요? 그 부모는 분명 맏딸이 파출부의 아들과 사귀는 것을 인정하지 않을 테고, 그러면 젊은 남녀가 소녀를 연락원으로 이용할 수도 있지 않을까요? (『속죄』, 438쪽)

『속죄』에는 브리오니가 분수대의 무언극을 바라본 당시 이해할 수 없었지만 뭔가 충격적인 느낌을 받은 것으로 되어 있다. 이때의 유령 같은 진실은 브리오니가 잡지사의 평을 들은 이후에 수정된 것인가, 아닌가? 그것은 독자에게 중요한가, 그렇지 않은가? 열세 살의 브리오니가 바라보고 있던 분수대 옆에는 두 사람이 사라지자 아무것도 남지 않았다. 그렇다면 그녀가 본 것은 무엇인가? 진실이 허구만큼이나 붙잡을 수 없는 유령 같은 것이 되어 버렸다. 그녀는 자신이 본 내용을 글로 써보기로 결심했다. 그러나 그녀의 눈에 비친 진실은 하나의 이미지였다. 이후 오랫동안 그녀는 그날 아침의 일보다는 자신이 쓴 글을 훨씬 더 자주 떠올렸다. 자신이 써둔 소설이 아니었다면 그날 일의 기억 자체가 사라졌을 것이라고 깨닫는다.

보는 것과 기억하는 것, 그리고 쓰인 것 사이의 간격과 틈은 생각보다 크다. 현대소설은 말의 의미작용이나 행위의 모방 대신 심리 묘사와 내적 독백, 기억, 휴지, 서성거림 등이 많다. 그것은 사건보다 중요한 인물의 심리적 변화, 갈등을 보여 주기 때문에 사소한 것이라고 단정지어서는 안 된다. 그와 같은 언어의 사용은 말이 아닌 침묵을 내어주기 위한 언어이므로 징후를 탐색하는 독해에 중요하다. 브리오니의 기억, 그리고 속죄의 과정은 브리오니가 작가가 되는 과정과 맞물려 있다. 편집자의 지적대로 브리오니가 분수대의 무언극을 목격하고 적어 둔 글 자체는 그녀의 방식대로 재구성되었으나 그녀의 소설에서는 그것으로 끝이다. 그녀는 쌍둥이의 가출과 그 밤에 일어난 롤라의 강간 사건과 자신이 목격자로서 로비를 범인이라고 지목하고 증언한 거짓말 때문에 파멸하는 두 연인으로 나아가지 않는다. 그러나 이것은 또 다시 편집자가 지적한 대목 "소녀가 자기 앞에 펼쳐진 이 이상한 장면을 완전히 오해하거나 화를 낸다면, 그것이 젊은 남녀의 인생에 어떤 영향을 미치지 않을까요? 그들 사이에 끼어들어 그들에게 끔찍한 불행을 가져다줄 수도 있지 않을까요?"에 영향받아 수정된 것인가? 그런 의문에 빠져들 수 있다. 따라서 이언 매큐언의 소설은 독서에 활력을 주는 속도감을 가지고 있지만, 브리오니의 첫 소설에 대한 편집자의 평가를 읽는 순간, 그 전의 모든 내용에 대해 의심과 유보가 뒤따르게 된다.

브리오니는 1940년 첫 원고에 이어 1999년에 마지막 원고를 완성하였다. 첫 소설 「분수대의 두 사람」에 이어 두 번째 소설부터 그녀는 1935년의 범죄를 묘사하기 시작했다. 그녀는 자신의 아버지 도움으로 대학까지 나온 파출부 아들 로비가 정원사가 되기를 포기하고 의대 진학을 생각한다는 이야기를 들었다. 그가 신분의 경계를 넘어 세실리아에게 접근한다는 것쯤은 이해가 됐지만, 오만하게도 언니에게 명령을 내리고, 거기에 언니가 복종하는 것은 이해할 수가 없었다. 이런 생각이 브리오니로 하여금 로비를 나쁜 쪽으로 상상하게 만들었고, 그것은 믿음이 되었다. 그리고 마침내 진실이라는 확신으로 굳어졌다. 그렇게 해서 브리오니는 로비를 곤궁에 빠뜨렸다. 그러나 죄가 선고되고 법이 집행된 이후에, 자신이 했던 증언을 번복하고 사실을 말한다는 것은 로비에게 선고되었던 죄를 무효화한다는 것을 의미했다. 따라서 법 제도상의 문제로 인해 실화로 출판할 수가 없었다. 그녀의 마지막 원고만이 유일하게 로비와 세실리아의 행복한 결말을 담았다. 그 전의 원고들은 모두 냉혹했다. 독자는 이제 1999년에 완성된 마지막 원고와 마주하고 있다는 사실을 알게 된다. 브리오니의 첫 소설만이 편집자의 편지로 슬쩍 소개된 것이며, 부록과 같은 마지막 장에 로비와 세실리아의 실제 결말이 언급되고 있다. 브리오니는 로비 터너가 1940년 6월 1일에 패혈증으로 죽었다는 사실을, 세실리아가 같은 해 9월 지하철역 폭격으로 죽었다는 사실을 알려야 할 이유를 알지 못한다고, 그녀는 사실 그해에 런던을 가로지르는 도보여행에서 언니를 만난 일은 없었다는 사실을, 그래서 두 연인을 본 적이 없으며, 언니를 따라 간호사가 된 후 처음으로 언니를 만나러 가는 길에 롤라가 실제 강간범과 결혼식을 한 교회에는 들렀으나 언니를 마주할 용기가 없어 병원으로 돌아왔다는 사실을 알려야 할 이유를 알지 못한다고 서술한다. 그녀는 이 모든 사항을 '사실'이라는 말을 반복하면서 적고 있다. 그러나 서술은 다시금 모호해진다.

냉혹한 사실주의를 구현한다는 것을 빼면 그런 결말이 가져올 장점이란 과연 무엇인가? 나는 그들에게 그런 짓까지 할 수는 없었다. 나는 너무 늙었고, 너무 겁을 먹었고, 내 앞에 남은 삶의 단편들을 너무나도 사랑한다. 게다가 내게는 망각이라는 파도가 다가오고 있다. 더 이상 비관론을 끝까지 지켜나갈 용기가 없다. 내가 죽고 마셜 부부가 죽고, 마침내 소설이 출판되면, 우리는 모두 내 창작품 안에서만 존재하게 될 것이다. 브리오니는 밸엄에서 한 침대를 쓰면서 주인 여자를 분노하게 했던 연인들과 마찬가지로 공상 속의 인물로 존재하게 될 것이다. 어느 누구도 내 글이 소설이 되기 위해 어떤 사건들과 어떤 사람들을 허구로 끌어다 썼는지 알려고 하지 않을 것이다. 물론 "그런데, 실제로 일어났던 일입니까?" 하고 묻는 독자들이 언제나 있다는 것은 나도 잘 알고 있다. 대답은 간단하다. 연인들은 살아남아 행복하게 산다. 내 마지막 원고만 세상에 존재하게 된다면, 그렇게 된다면, 나의 즉흥적이고 운 좋은 언니와 그녀의 의사 왕자님은 살아남아 행복하게 살게 되는 것이다. (『속죄』, 520~521쪽)

브리오니의 고백은 59년의 기나긴 여정에 걸쳐 이루어진다. 첫 소설이 될 것이라고 생각했던 것이 그녀 평생의 마지막 소설이 되었다는 것은 그녀가 자신의 범죄를 언제나 곁에 두고 살았다는 뜻이리라. 그녀는 마지막 소설에서 처음으로 두 연인을 살리고 다시 만나게 했다. 그것은 사실주의라는 소설의 기법에 대한 물음이기도 했다. 그녀의 마지막 소설에서 두 연인을 살리고 다시 만나게 한 것은 그녀의 목소리에 따르면 "나약함이나 도피하고 싶은 마음이 아니라 마지막으로 베푼 친절이었고, 망각과 절망에 맞서는 투쟁이었다고 생각하고 싶다. 나는 그들에게 행복을 주었지만, 그들이 나를 용서하게 할 만큼 이기적이지는 않다".

그렇지만 브리오니의 마지막 원고가 세상에 존재해야만 그들이 살아남을 수 있는 것이다. 그것은 브리오니가 죽은 이후에나 가능해질 일이다.

그렇게 해서 브리오니의 최종원고는 독자에게 전해졌다. 혹은 그렇게 가정될 수 있다. 브리오니의 소설은 『프랑스 중위의 여자』와 「두 갈래로 갈라지는 오솔길들의 정원」처럼 진실과 허구를 오가며 독자를 교란시킨다. 그러나 『속죄』는 브리오니가 작가로서 글을 써나가면서 선과 악의 문제로 나아가게 한다. 어린 시절의 그녀가 목격한 것은 소리가 빠진 이미지이며, 이미지의 주인공들조차 자신들의 진심을 깨닫기 전이다. 그녀는 모든 상황을 과장되게 받아들였고 그것은 사실처럼 자신의 생각을 채웠다. 우리는 성장하면서 형제자매와 비슷한 경험을 한다. 서로를 경쟁상대로 여기기도 하며, 부모의 사랑을 차지하기 위해 서로를 미워하기도 한다. 혹은 애인과 사귀는 형제자매를 질투하기도 한다. 그 애인들은 나와 나의 사이좋은 형제자매를 갈라놓을 위협적인 인물로 설정된다. 소설은 어린아이의 거짓말을 순진하거나 있을 법한 것으로 얼버무리지 않고 잔혹한 사건의 모든 주범으로 몰아붙인다. 독자는 어린아이의 거짓 증언이 범죄가 될 수 있다는 상황에 대해 생각한다. 그리고 실제로 일어나는 문제에 대해 깊은 인식의 시간을 갖게 한다. 이런 인식은 스스로에 대한 발견에 이르게 하여 고백적 서사를 가능하게 만들기도 한다. 브리오니는 자신의 증언을 거짓말로도, 범죄로도 인식하지 못했다. 하지만 자신 때문에 일이 잘못되었다는 사실은 인식하고 있었다. 로비가 수감되면서 세실리아가 집을 나가 간호사가 되자 브리오니도 언니를 따라 간호사가 되었다. 전쟁에 참전했다가 부상당한 병사들의 고통을 직접 목격하고 치료하면서 로비와 언니에 대한 죄의식을 자의적으로 더 키워 나간 것은 아닐까? 그리고 소설을 쓰면서 냉혹한 결말로 스스로에게 벌을 내린 것은 아닐까? 최종적으로 완성한 소설에서 언니와 로비를 다시 만나게 한 것도 자신의 죄의식에서 벗어나기 위한 것이 아니라, 바로 언니와 로비를 위한 것이라 말할 수 있는 것이다.

4장.

공감의 언어

이 세상이 아직 요람기에 있던 태초엔 여러 종류의 수많은 사상들이 존재했지만, 진리라고 할 만한 것은 하나도 없었다. 인간이 손수 진리를 만들었으며, 각각의 진리들은 수많은 막연한 생각들이 혼합되어 이루어진 것이었다. 이 세상 모든 것은 진리였으며, 그 진리들은 모두 아름다웠다. …… 그 다음엔 사람들이 도래했다. 그들은 각자 진리를 하나씩 낚아채 갔고, 제법 힘이 센 몇 사람은 십여 가지의 진리를 낚아채 갔다. 사람들을 괴상하게 만든 것은 바로 이 진리들이었다.

—셔우드 앤더슨, 『와인즈버그, 오하이오』

❖

고독, 또는 절망

내 방에서 창밖으로 일관되게 보이는 학교의 쉬는 시간은 운동장의 농구 골대에 매달려 열심히 공을 뺏고 공을 넣는 중학생들의 모습이다. 거의 같은 움직임, 즉 공을 빼앗아 골대에 넣는 것이 그들에게 어떤 유희를 가져다줄까. 아이들은 다르다고, 분명히 같은 방식의 다른 움직임이고 또 전략이라고 말할 것이다. 그러나 내가 보기에는 골대 사이의 1,2미터 내에서 그저 그런 비슷한 동작들이 반복되고 있을 뿐이다. 시시포스가 올림포스 산 위로 바위를 올리는 동작과 전혀 달라 보이지 않는다. 이것이 스포츠에 대해 미개한 나의 분석이다. 삶도 이와 비슷하다. 매일매일이 비슷한 업무와 비슷한 동선을 가지고 흘러간다. 무엇이 진행되어 가고 있기는 하다. 보일 듯 말 듯 전진하는 것이다. 때로의 후퇴나 주저함이 있겠지만, 하루를 보낸다는 것은 우리에게 전진을 의미한다. 그렇게 믿는 것이다. 죽음충동이 우리를 삶에서 떼어놓지 않는 이상 삶은 이어질 것이다. 그런데 초조하다. 느리다 못해 지지부진한 것들에 대한 좌절. 혹은 뭔지 모르게 압도하는 무력감에 시달린다. 삶은 어쩌면 농구 골대를 유일한 즐거움이라고 믿는 고만한 또래들의 세계보다 보잘것없다. 삶은 유일한 즐거움을 가져다주지 않기 때문이다. 그렇기 때문에 픽션이 필요하다. 똑같은 농구 골대와 비슷한 경기를 즐거움이라고 믿게 하는 것은 토끼 구멍에 빠져들어 가도록 유혹하는 토끼의 뒤를 따라가는 것과 같다. 내가 농구를 시시하게 생각하는 이유는 그 스토리를 알지 못하기 때문이다. 농구 자체는 아무것도 아니다. 그것이 재미를 주는 것도 아니다. 그것이 놀이라고 여겨진 이후 동조자들과 그 놀이에 가담하고 빠져드는 것, 그렇게 자신을 픽션 속으로 던지는 힘이 농구를 재미있게 만든다.

아침 햇살에 먼지를 머금으며 사물들이 살아난다. 사람이 가담하지 않으면 사물은 의미가 없다. 서로에게 없어서는 안 될 존재처럼 관계성 속에서 비로소 빛나게 되는 것이다. 물론 이것 또한 픽션이지만 말이다. 그러나 과연 픽션이라고 명확한 선을 그을 수 있을까? 아니, 우리 현실의 삶이 픽션이 아니라고 말할 수 있을까. 비현실의 감각이 현실에 있을진대 문학을 비현실, 즉 공상이라고 말하는 것은 문학에 대한 오해가 아닌가. 나는 지금도 창밖 학교 운동장에서 아이들이 농구하는 모습을 본다. 강의가 없는 평일에 책상에 앉아 늘 바라볼 수 있는 이 광경은 물론 햇빛 좋은 날의 이야기다. 그러나 흐린 날이나 주말에는 혼자 농구를 하는 아이도 있다. 함께 경기할 누군가를 찾지 못해 혼자 운동을 하는 모습은 약간은 시들하다. 뛰는 모습에 탄력과 열정이 부족해 보인다. 경쟁심은 동기부여에 큰 영향을 주었던 것이다. 혼자서 무엇을 잘한다는 것은 어려운 일이다. 창조적인 예술을 낳을 수는 있지만 고독이 밑바탕에 깔려 있다. 고독은 사람을 독창적으로 만들 수 있지만 괴팍하게 만들기도 한다. 우리는 대화를 통하여, 또는 우리에게 의미 있는 타인들이 우리들 마음속에 각인시키고자 하는 다양한 정체성들과 격렬한 논쟁을 벌여 가면서 우리의 정체성을 규정하고 만들어 간다(찰스 테일러, 『불안한 현대 사회』, 50쪽).

그런 타인, 특히 사랑하는 타인이 떠나갔다. 사랑하는 사람이 떠났을 때 달라지는 것 중 하나는 『싱글맨』의 조지처럼 자신의 성격 중에서 드러내기 싫었던 부분을 내보이게 되는 것이다. 그는 점차 폭력이 늘었고 스스로 괴물연기를 하고 있었다. 동네 개구쟁이를 놀리느라 소리를 지르고 팔을 흔들며 미친 사람 흉내를 냈던 것이다. 동네 아이들에게 담쟁이가 우거진 어둡고 비밀스러워 보이는 짐과 조지의 집은 마치 옛날이야기의 그림책에 나오는 괴물의 은신처를 떠올리게 했던 것이다. 짐이 죽고 점점 사람들과의 관계를 멀리한다면 그는 이웃 꼬마가 믿는 것처럼 진짜 괴물이 될지도 모를 일이었다. 그의 고독, 좌절은 자신과 외부세계를 철저히 차단하고 있다.

> 변기에 앉으면 창밖이 보인다. 캘리포니아의 미지근한 잿빛 겨울 아침이다. 하늘은 낮고 태평양의 안개로 부드럽다. 해변 너머에서는 대양과 하늘이 슬픈 잿빛으로 부드럽게 하나가 되어 있을 것이다. 팜 야자는 흔들림 없이 서 있고, 협죽도 덤불 잎에서 이슬이 떨어지고 있을 것이다. (『싱글맨』, 15쪽)

그가 묘사하는 풍경은 조지의 무력함, 우울함을 보여 준다. 처음 짐과 지금 사는 집을 보러 왔을 때의 기억과 현재 이웃의 모습을 오가

육신이 옷을 다 입을 때쯤, 육신은 '조지'가 된다. 이미 어느 정도는 조지가 되었다. 아직 사람들이 요구하는 조지로 완전히 변한 것은 아니다. 사람들에게 받아들여질 준비가 완전히 갖춰지지 않았다. 이런 아침 시간에 누가 전화한다면, 그 사람은 자신이 이야기를 나누고 있는 이 삼차원 인간의 정체를 깨달을 수 있을 것이다. 그리고 어리둥절할 것이다. 아니, 겁먹기까지 할 것이다. 그러나 사람들은 깨달을 수 없었다. 그 목소리가 내는 조지 흉내가 거의 완벽하기 때문이다. (『싱글맨』, 9~10쪽)

며 펼쳐지는 이러한 묘사는 짐과 자신만의 세계가 박탈당한 이후의 조지의 상실감과 외부세계에 대한 반감을 비춰준다. 조지는 이야기를 나누지 않아도 이웃의 목소리를 알 수 있다. 그는 그들을 꿰뚫는다는 태도로 그들과 어울리지 않는다. 그러나 조지는 이미 괴물로 취급된다. 동성애자를 혐오하는 '퀴어'라는 용어로 꼬마의 아버지 스트렁크 씨는 조지를 취급하고 있을 테니 말이다. 대신 그에게 가까이만 가지 않는다면 그는 조지가 어떻든 상관하지 않을 것이다.

사랑하는 사람이 부재한 상황에서 느끼는 무력함과 우울함 말고도, 달라지는 것은 매일 사용하는 공간에 대한 낯설음이자 참혹함이다. 두 사람이 늘 다니던 주방으로 가는 좁은 문은 이제 자신도 모르는 사이 갑자기 참혹하게 꺾인 듯하고 날카롭게 갈린 듯하며 길이 산사태로 사라진 것 같은 느낌을 갖게 하는 곳이다. 또한 통증을 느끼게 하는 자리이기도 하다. 거울 앞에 서자 어린아이의 얼굴과 소년의 얼굴, 젊은이의 얼굴, 그리고 그리 젊지만은 않은 얼굴이 화석처럼 보존되어 있다. 그리고 역시 화석처럼 죽어 있다. 살아서 죽어 가는 이 생명체에게 전하는 메시지는 죽음이 점진적으로 쉽게 일어난다는 것이다. 짐의 죽음은 모르고 있던 삶의 비밀을 드러낸 것인가? 조지는 죽음을 더 많이 생각하게 되었고 죽음에 더 가까이 가 있었지만, 급히 끝나 버릴까 두려웠다. 궁지에 빠진 표정밖에 보이지 않던 얼굴은 대뇌의 명령에 따른 세수와 면도에 이어 머리를 빗으면서 사람들이 요구하는 조지가 된다. 사람들이 원하는 조지의 모습. 만약 사람들이 익숙하지 않은 조지의 모습을 본다면 그들은 표면적으로는 조지에 대한 염려를 할 것이다. 그러나 어쩌면 그것은 자기 삶과 연결되어 있는 익숙한 풍경 일부가 흔들려서는 안 된다는 신념 같은 것이 아닌가.

조지의 경우, 자신의 상실감이 크다고 해서 조지가 타인의 고독을 이해하는 것은 아니다. 아니, 어쩌면 상실감이 크기 때문에 타인의 고독을 모른 척하고 싶은 것일지도 모른다. 조지는 결국 우리들 모두가 그럴 것이라고 상상할 수 있듯이 여동생 같은 샬럿의 희망을 좌절시킨다. 언제나 적당하지 않은 순간만 골라서 전화를 하는 샬럿이다. 저녁에 시간이 있냐는 그녀의 물음에 조지는 "없다"고 잘라 말한다. 샬럿의 목소리에 담긴 필사적인 분위기 때문이다. 그는 그녀의 히스테리를 받아줄 여력이 없다. 조용하고 절망적인 샬럿의 반응에 조지는 죄책감을 느끼는 것은 물론 불편하기도 하지만, 마음을 바꿀 생각은 없다. 그는 물론 고독하다. 짐이 없는 삶은 그를 좌절하게 만든다. 어린 시절 사랑을 나눈 사이라 해서, 그리고 현재 샬럿이 조지를 사랑한다고 해서 두 사람의 결합 가능성은 없다. 샬럿이 짐의 빈자리를 채울 수는 없는 것이다. 조지의 기분에 전적으로 동감할 독자들이 있을 것이다. 아주 가끔이지만 나는 기분전환을 위하여 차를 마시러 밖에 나가고 싶을 때가 있다. 그런데 혼자가 아니라 누군가를 동반했으면 싶은 날이 있다. 전화번호부에서 동행해 줄 사람을 찾아보지만 결국 포기한다. 그의 이야기를 듣는 데 집중하고 싶지는 않기 때문이다. 피로감을 덜기 위하여 조용히, 그렇지만 따뜻한 존재감을 느끼면서 차만 마시고 싶은 것이다. 그러나 사람들은 조용히 앉아 있지 않는다. 쉬지 않고 자신의 이야기보따리를 풀어놓는 것이다. 사람들이 바라볼 때 40와트짜리 미소에서 150와트짜리로 바뀌는 조지의 얼굴처럼 나도 고개를 끄덕이면서 미소를 지어야 할 것이다. 보통 때는 기꺼이 그럴 수 있지만, 어떤 날은 나를 분장하고 싶지 않다. 결국 차 마시러 나가는 것을 포기한다. 혼자 마실 차라면 집에서도 가능하다.

조지는 회의적이다. 미국의 대학에 몸담고 있지만 영국인의 정체성으로 조지는 미국을 얼마든지 관찰할 수 있다. 그는 미국인들이 '노인'을 '검둥이'나 '유대 놈'과 같은 욕이나 모욕으로 생각하여 '연장자'(senior)라는 단어를 발명한 것이라고 생각한다. 이런 그의 관찰력은 그로 하여금 학교에서든, 동네에서든 거리를 두게 만든다. 그는 오로지 짐과 함께였기 때문에 미국에 남을 수 있었다. 그런데 짐이 죽은 지금, 정작 영국으로 돌아갈 생각은 하지 못한다. 고향으로부터도 너무 멀리, 오래 떠나 있었던 것이다. 그는 어떻게든 짐이 죽었다는 사실을 받아들이고 다시 사랑해야 하며 계속 살아내야 하는 것이다. 조만간, 그날이 올 때까지는 말이다. 그에게는 남모르게 서명하고 공증을 받고 실행될 날까지 깊은 곳에 숨겨놓은 유언장 같은 결정들이 있었다. 그러나 죽음에 대비하는 모습과 달리 여전히 살아 있음과 욕망을 느낀다. 죽음은 준비되어 있는 동안이 아니라 삶을 되돌리고 희망을 품으려 하는 순간에 찾아올 뿐이다.

조지에게 눈을 뜬 '지금'은 단순한 지금이 아니라 언제나 과거가 될 잔인한 암시이다. 류머티즘의 자리와 심장에 통증을 느끼면서 시작하는 아침이며, 짐이 없는 공간에 짐의 존재가 더욱 커지는 순간이기 때문에 지금 이 시간을 견디는 것은 그에게 힘들다. 조지와 마찬가지로 가브리엘 마르케스의 「아무도 대령에게 편지하지 않다」 속 대령도 견디기 어려운 10월의 아침을 맞고 있다. 커피통에 남은 마지막

한 숟가락의 커피를 긁어내는 그의 심정은 마치 '버섯이나 역한 나리꽃이 창자 속에 뿌리를 내리는 것'과 같다. 마지막 커피를 아내에게 가져다주면서 "난 마셨소"라고 거짓말을 해야 하는 그는 그날까지 60년을 기다림 속에서 보냈다. 군인연금 지급에 대한 편지를 기다리는 중인 것이다. 그러나 19년 전 의회가 법안을 통과시켰을 때 자신의 청구권을 증명하는 데만 8년이 걸렸다. 이어서 연금 수혜자 명부에 자기 이름을 기입하는 데 6년이 걸렸다. 그것이 대령이 받은 마지막 편지였다. 그의 동료들은 편지를 기다리다가 죽었다. 그러나 40년간의 기억이 담긴 서류를 찢어 버릴 수는 없는 노릇이다. 그리고 오늘도 기다리고 있다.

"당신은 똑같은 얘기를 십오 년째 계속하고 있어요."
"그러기 때문에 이젠 정말 곧 나오게 될 거요" 하고 대령이 받았다.
그녀는 잠자코 있었다. 그러나 그녀가 다시 얘기를 시작했을 때 대령에게는 시간이 조금도 지나간 것 같지 않았다.
"내 생각으론 돈이 나올 것 같지 않아요" 하고 부인이 말했다.
"나올 거요."
"만약 안 나오면요."
그는 대답할 말을 찾지 못하였다. 수탉이 첫 번째 울었을 때 그는 현실로 돌아왔으나 다시 짙고 안전하며 가책 없는 잠 속으로 빠져들어 갔다. 그가 눈 떴을 때 해는 이미 중천에 와 있었다. 그의 아내는 잠들어 있었다. (마르케스, 『아무도 대령에게 편지하지 않다』, 83쪽)

이렇듯 현실은 잔인한 면을 가지고 있다. 조지가 맞이하는 아침의 무게와 대령이 깨어난 아침의 현실은 그들에게 현실의 차가운 얼굴을 들이댄다. 우체국장은 그에게 "틀림없이 오기로 되어 있는 것은 죽음뿐"이라고 말한다. 문제는 그가 기다리는 일 이외에는 아무것도 할 수 없다는 것이다. 부인은 "남자들은 집안 살림을 알지 못해요. 며칠씩 냄비를 끓이지도 못하고 지낸다는 것을 이웃들이 알까 봐 나는 몇 번이나 돌덩이를 끓이기도 했어요"라고 말한다. 이제 더 이상은 체면과 위신을 먹고 살 수가 없다는 것을 대령이 깨닫는 일만 남았다. 대령도 이제는 모든 것—군인연금을 결코 받지 못할 것이라는 것과 대령은 지금 가난하다는 것—을 인정하고 받아들여야 한다는 것이다. 60년 동안 그 사실을 인정하지 못했기 때문에 그는 고독할 수밖에 없었다. 누구나 다 알고 있는 사실을 혼자만 인정하지 못한다는 것은 그 누구와도 제대로 된 대화를 불가능하게 만든다. 그러나 대령의 기다림은 그로서는 정당한 것이었다. 정당하지 않은 것은 현실이었다. 그가 정당하지 않은 현실과 타협하는 순간, 그가 믿고 있는 진리가 허위로 변한다. 그가 믿은 평생의 진리는 웃음거리가 되고 마는 것이다.

진리의 이름

진리가 허위로 변하는 순간이 있다. 그 진리를 이야기할 때 나는 셔우드 앤더슨의 『와인즈버그, 오하이오』 속의 단편, 「손」이 단연 최고라고 생각한다. 진리라고 하는 것들의 막연함, 그만큼 수많은 것들이 진리가 될 수 있었을 때 그 진리들이 아름다웠다고 말할 수 있을지도 모른다. 그러나 진리들은 점차 이상한 꼴을 갖추게 되었고, 그대로 굳어 버렸다. 내가 가르친 학생들 중에 졸업한 이후에도 1학년 때 배웠던 「손」을 이야기하는 학생이 있었다. 윙 비들봄의 삶이 너무 슬퍼서였을까? 아니, 윙 비들봄이 의식하지 못했던 진리, 그가 동의하기도 전에 미리 낚아채어진 진리가 슬퍼서는 아니었을까? 그것은 이 세상에 우울증이 인식되기 이전 페터 데바우어의 할아버지가 '머리에 깃털을 꽂아놓은 듯' 아프다고 표현했던 것과 비슷한 질감을 가지고 있다. 어떤 것을 처음 인식한다는 것은 이름을 짓는 데에서 시작된다. 알고 있는 모든 것에는 이름이 있는 법이다.

윙 비들봄의 좌절과 고독도 그와 같은 명명성에서 시작되었다. 누구보다 아이들을 사랑했던 교사시절에 그의 이름은 아돌프 마이어즈였다. 그는 손의 표현이 풍부한 사람으로, 언제나 소년들의 어깨를 쓰다듬어 주고 머리카락을 매만져 주었다. 그의 손은 아이들의 선생님에 대한 의혹과 불신을 사라지게 하고 꿈을 향해 나아가게 하는 것이었다. 그러던 중에 그에게 홀딱 반한 한 아이가 잠자리에서 '입에 담을 수 없는 일'을 상상했고, 마침내 자신의 꿈이 사실인 것처럼 떠들었다. 그때까지 아돌프 마이어즈에 대해 사람들이 품었던 숨겨지고 가려졌던 의혹들은 확신이 되었으며 마을 전체를 몸서리치게 했다. 아이들은 끌려 나가 질문을 받았으니, "선생님이 팔로 내 몸을 껴안았어요"에서 "선생님은 손가락으로 늘 내 머리카락을 만지작거렸어요"라는 대답이 나왔다. 아돌프 마이어즈의 소년들에 대한 애정은 '손장난'이 되었으며, 손의 주인인 그는 '짐승 같은 놈'이 되고 말았다. 그는 한 아이의 아버지에게서 발길질을 당하고도 집으로 몰려온 십여 명의 사람들을 피해 어둠 속으로 도망쳤다.

그 후 일 년 동안을 앓았던 아돌프 마이어즈는 병이 나은 후부터는 소심해지고 늘 두 손을 감췄다. 그리고 이름을 바꿨다. 그의 머릿속에는 아이들의 아버지들이 몇 번씩이고 거론한 그의 손, "네 손모가지 잘 간수해"라는 말이 자리 잡고 있었다. 그는 어째서 그런 일이 일어났는지 이해하지 못했다. 그러나 그것이 자신의 손 탓이라는 것은 알았다. 그가 그의 손에서 야기된 사건의 전말을 이해할 수 없었다는 것은 의혹과 확신 사이에 있는 빈틈 때문이다. 진위 여부를 어떻게 밝힌다는 말인가? 루드빅이 끊임없이 자신의 엽서에 쓰인 글이 농담이라고 주장한 후에 '정말 농담이었을까?'라고 스스로 의심했던 것과 마찬가지로, 진실의 본질이 있기는 할까? 그러나 의혹과 확신 사이의 틈이 자신의 동의 없이 다른 사람들로 인해 모두 메워진 것이 문제이리라. 그렇게 진리가 꼴을 갖추게 되었으며, 그곳에서 그는 더 이상 살아갈 수가 없었다. 그는 와인즈버그에 들어와 혼자 살게 되었고, 사람들을 멀리했다. 여전히 자신의 손을 내놓지 않으려 했지만, 유일하게 자신의 인간애를 표현할 수 있는 조지 윌러드가 있었다. 그러나 그와 친분을 쌓고 마음이 편해지자 그의 손은 다시금 밖으로 나와 마구 날갯짓을 하였다. 그날 윙 비들봄은 스스로 펄쩍 놀라 집으로 도망을 쳤다. 그는 다시금 조지 윌러드가 방문해 주기를 갈망하였으나 그 갈망은 외로움과 기다림의 일부가 되었다.

타인의 부재로 인한 외로움만이 있는 것은 아니다. 소란스러움 가운데서도 외로울 때가 있다. 외로움은 다른 사람들의 존재 여부는 물론, 함께하는 행위와도 상관이 없을 때가 있다. 『리스본행 야간열차』 속 아마데우는 '경멸에서 오는 외로움'이라는 메모에서 "다른 사람들이 존경과 인정을 거두어가면, 왜 우린 그들에게 '그런 건 필요 없소. 나 자신만으로도 충분하니까'라고 말하지 못하나?"라고 썼다. 그리고 이것에 대해 '내적인 견실함'을 언급한다. 윙 비들봄은 내적인 견실함이 없어서 다른 사람과의 친분에서 자신을 믿지 못하는 것인가? 아니 자신의 손을 믿지 못한다고 하는 편이 맞다. 그러나 아마데우 또한 고문과 살인을 일삼은 멩지스의 목숨을 구한 후 토마토를 던진 사람, 자신의 얼굴에 여러 번 침을 뱉은 여자, 그리고 그에게 항의하던 사람들에 대한 기억을 결코 극복하지 못한다. 그리고 그의 평생의 친구라고 믿은 조르지를 잃었다. 그레고리우스의 지적대로 우리가 타인의 존경과 관심에 의지하고, 그것에 종속되어 있다는 사실이 여실히 드러난다. 철학자 찰스 테일러가 말했듯이 고독한 사색을 통하여 상당한 정도까지 사물들에 대한 우리들의 생각이나 태도나 입장의 개진을 기대해 볼 수 있다 해도, 우리 자신이 무엇이어야만 하는가를 묻는 정체성의 정의와 같은 중요한 문제들은 혼자의 사색만으로 해결되지 않는 것이다(『불안한 현대 사회』, 50쪽).

불화, 이별

코스트카의 말대로 육체적 관계 역시 그 자체만으로는 선한 것도 아니고 악한 것도 아니다. 사랑의 행위를 하고 있는 연인들의 동작도 루치에게는 야만스러운 동작이 될 수 있다. 코스트카가 증오한 광적인 병사와, 온정과 따뜻한 말로 결국 루치에의 사랑을 얻은 코스트카는 어떻게 다른가? 우리는 루드빅이나 코스트카의 목소리에 의해 그녀를 처녀로, 혹은 어린 나이에 겁탈당한 가련한 여자로 볼 수밖에 없다. 루드빅이 루치에를 몰아붙였던 것은 그가 그녀를 사랑했기 때문이다. 그는 이런 자신의 진심을 거부당했다고만 기억한다. 기억은 사랑에 있어 특히 이미지 속에 갇혀 있다. 아름답거나 원망이 새겨져 있거나 망각될 뿐이다. 루드빅의 루치에에 대한 기억은 청년기의 자아중심주의에 의해 자기 식대로 고착되었다. 그는 코스트카로부터 루치에의 과거에 대해 듣는다. 그리고 제멋대로 그녀의 존재를 받아들였다는 사실을 깨닫는다. 그녀는 루드빅에게 있어 그가 체험한 상황의 기능에 불과했던 것이다. 그녀 자체로서의 모습은 모두 간과되었다. 이발소에서 알아본 그녀는 '아는 여자'가 아니라 다른 사람, 모르는 사람이었다. 루드빅이 볼 때 코스트카야말로 루치에에게 더 많은 것을 의미했고, 그녀를 위해 더 많은 것을 했다. 루드빅은 그녀를 이해하고, 그녀 쪽으로 향하고, 그녀 자체의 모습, 그녀 혼자만의 모습까지도 사랑해야 하는 것을 알지 못했다. 그는 자신의 무게, 수수께끼 같은 자신의 감정, 혼란에만 집중해 있었다.

"왜 그렇게 나를 뿌리치는 거야?" 하고 나는 소리쳤다. 무어라 할 말이 없었으므로 그녀는 화내지 말라고, 자기를 미워하지 말라고 더듬거릴 뿐 무슨 조리 있는 분명한 말을 하지 못했다. "도대체 왜 그러는 거야? 내가 널 얼마나 사랑하는지 몰라? 넌 정말 미쳤어!" 나는 이렇게 그녀에게 욕설을 퍼부었다. "그럼 나를 쫓아내면 되잖

> 야." 그녀는 여전히 장에 꼭 붙어선 채로 말했다. "그래, 쫓아낼 거야. 넌 나를 사랑하지도 않으니까, 나를 조롱이나 하고 있으니까!" 나는 그녀에게 고함을 지르며, 내가 하는 대로 가만히 있든지 다시는 나를 볼 생각을 말든지 알아서 하라고 최후통첩을 내렸다. (『농담』, 164쪽)

루드빅은 어떤 초자연적 힘이 자신에게서 당과 동지들과 학교를 앗아간 것처럼 이 초자연적인 힘이 루치에를 자신에게 맞서게 만든다는 생각에 빠진다. 그는 그녀의 얼굴을 내리쳤고 다시는 보고 싶지 않다고 말했다. 그렇게 루치에와 이별을 했다. 그때까지 루치에의 편에 섰다가 자신의 편으로 돌아선 것이다. 아니다, 루치에를 사랑했지만, 루드빅은 언제나 자신의 편에 서 있었다. 자신이 받은 고통과 상처에만 집중해 있었기 때문에 스스로라도 자신의 편에 서 있지 않았다면 루드빅은 무너지고 말았을 것이다. 그렇기 때문에 루치에를 사랑한 방식은 그녀의 수줍음, 두려움을 이해한다는 상상에 의거한 것이었다. 그런데 코스트카만큼은 루치에의 사랑을 얻었다. 루드빅에게는 루치에의 거친 저항만이 남았다. 그는 이것이 못된 농담처럼 느껴졌다.

루드빅은 또 다른 진실이 있다고 믿기 시작한다. 한 광부의 집, 잠깐 빌린 그 방에서 루치에를 갖고 싶어 했던 그 병사, 루치에는 루드빅을 정말로 사랑했던 것이다. 그녀는 그를 위해 꽃을 꺾어 오곤 했고, 자신과 여섯 달간 만나 온 것에 대해 코스트카에게 이야기하지 않았다. 이런 점을 돌이켜보면 그녀가 이 도시로 옮겨와 살게 된 것은 코스트카가 아니라 루드빅 때문일지도 모를 일이었다. 이곳은 루드빅의 고향이기도 한 것이다. 루드빅은 코스트카가 읽어내지 못한 풍경을 가다듬는다. 그러나 이것은 루드빅이 믿고 싶어 하는 마지막 가능성이다. 루치에의 진실만은 루드빅 자신의 편에 서 있다는 믿음 같은 것 말이다. 그러나 소설은 끝내 루치에의 진심을 보여 주지 않고, 루드빅의 깨달음만 있을 뿐이다. 몸이 더렵혀진 루치에의 운명이 자신의 운명과 닮았으며, 단지 서로가 서로를 이해하지 못했기 때문에 서로를 비껴갈 수밖에 없었다. 그토록 사랑했지만 제대로 사랑하지 못한 루치에는 그렇게 자신을 비껴간 것이다.

헤어지기 전에 루드빅과 루치에 두 사람은 서로 어떻게 생각했는지, 서로를 어떻게 경험했는지, 두 사람 사이에 이루어진 것과 실패한 것이 무엇인지 서로에게 알려주었어야 한다. 그것이 이별의 의미일 것이다. 마음을 숨기지 않고 서로 이별을 결정하는 것이 아마데우가 어머니에게 쓴 편지에서 이야기한 완벽하고 중요한 의미의 이별이다. 사랑에만 실패가 있는 것이 아니라 이별에도 실패가 있다. 특히, 가족에게 있어 이별은 더욱 잔인하고 무자비하게 일어난다. 서로에 대해 잘 알고 있다고 믿기 때문에 더 많은 상처를 더 쉽게 입고 입힌다. 부모는 계획된 것도 아니고 겉으로 드러나지도 않지만, 아이들에게 불가피하고도 쉴 새 없는 부담의 흔적을 남긴다. 아마데우의 아버지와 어머니 또한 아들이 뭘 좋아해야 할지를 자신들이 결정하고 아들에게 부담을 지웠다. 그러나 그것은 어머니의 방식대로 부드럽게 이루어졌기 때문에 더욱 심한 고통이 되었다. 아마데우는 이것을 '절대 없애지 못하는 화상의 흉터'라고 표현한다. 아마데우는 보내지 않은 아버지에게 쓴 편지에서 이렇게 적고 있다. 부모들이 지닌 의도나 불안의 윤곽은, 완벽하게 무기력하고 자기가 어떻게 될지 전혀 알지 못하는 아이들의 영혼에 달군 철필로 쓴 글씨처럼 새겨진다. 우리는 낙인찍힌 글을 찾고 해석하기 위해 평생을 보내면서도, 우리가 그걸 정말 이해했는지 결코 확신할 수 없다(파스칼 메르시어, 『리스본행 야간열차』, 356~357쪽).

가족의 잔인한 얼굴

그러나 부모와 자식만큼 서로에 대해 모르는 경우도 별로 없을 것이다. 아마데우에게 아버지는 '침묵의 통치자인 사적인 아버지'로 '법복을 입고 장엄한 말과 널리 울려 퍼지는 낭랑하고 범접할 수 없는 목소리'의 주인공이다. 아마데우는 아버지에게 대답을 요구하는 것은 절대 해서는 안 될 일이라고 스스로 믿고 있었다. 아마데우의 아버지는 또렷하게 보이는 권위로 아들을 억누르는 대신, 신뢰와 절절한 소원의 방식으로 아마데우를 짓눌렀다. 그것이 그로 하여금 부모에게 반항 한 번 해보지 못하도록 만든 이유였다. 아마데우의 반항은 전혀 다른 식이었다. 아버지가 판결을 맡은 법정에서 한 여자 절도범의 재판과정을 지켜본 그는 변호사가 역할을 제대로 수행한 것 같지 않다는 생각을 했다. 아버지는 죄를 선고했고, 재판이 끝난 후 아버지와 눈길이 마주쳤다. 아버지가 이 일에 대해 말해주길 바랐지만 아버지는 결국 아무 이야기도 해주지 않았다. 아마데우는 실망했고 실망은 반항과 분노가 되었다. 그는 백화점에서 지켜본 다른 여자 절도범을

도와주면서 아버지에 반항했다.

아버지는 아들을 법정에서 보았을 때 두려움을 느꼈다. 법이 요구하는 대로 여자 절도범에게 판결을 내리고 그녀를 감옥에 보내야 했던 것이다. 아들의 눈빛이 자신을 마비시켰고, 그 일에 대해 아들에게는 끝내 아무 이야기를 할 수 없었다. 아버지는 이미 아마데우가 네 살 때 아들의 명석함을 알아보았고, "아들의 정신은 내 모든 약점을 사정없이 드러내는 날카로운 탐조등이 되겠구나. 그게 내가 너를 두려워하기 시작한 계기였던 것 같다. 그래, 난 널 두려워했다"(『리스본행 야간열차』, 379쪽)라고 쓰고 있다. 아버지는 아들을 자랑스러워 한 동시에 부러워했다. 그레고리우스는 프라두와 그의 아버지가 각각 서로에게 부치지 못한 편지를 읽은 후, 두 사람이 침묵에 싸여 서로를 이해하지 못했고, 한쪽의 침묵이 다른 쪽의 침묵을 불러온다는 사실을 깨닫지 못했다고 안타까워하지만 아마데우의 아버지도 아마데우도 이제는 살아 있지 않다.

아마데우와 달리 자크의 경우는 눈에 보이는 아버지의 권위를 읽을 수 있다. 자크와 아버지의 대립은 현대세계에서는 스러지고 있다고 한탄에 마지않는 부권(夫權)에 대한 물음으로 해석될 수 있다. 권위 있는 집안의 아들 자크가 가출한 원인은 신부교사가 자크와 다니엘이 주고받은 회색노트를 함부로 읽었기 때문이다. 회색노트는 사춘기 소년들인 자크와 다니엘의 애정에 가까운 편지로, 말 그대로 은밀하고 불온하다. 신부교사의 시선으로 볼 때 '의심되는 우정'의 내용인 것이다. 다시 잡혀온 아들과 아버지 사이에는 갈등구조가 성립된다. 구교와 지위에 거역하는 아들이지만, 집나간 아들이 걱정되지 않는 것은 아니다. 따라서 5월 초순의 온화한 밤이 아버지를 안심시켜 주는 것이 사실이었다.

티보 씨는 돌아온 자크가 그의 무릎 앞으로 달려와 엎드리기를 기다렸다. 티보 씨의 응접실에는 그뢰즈(Jean-Baptiste Greuze)의 「벌 받는 아들」(*The Punished Son*, 1778)의 복사본이 걸려 있다. 그뢰즈의 이 그림은 원래 「아버지의 저주」(*The Father's Curse*, 1777)와 「벌 받는 아들」이 한 쌍으로, 성서에 기초를 둔 도덕적 화풍을 담아냈다. 「아버지의 저주」에서 큰아들은 부패한 전형적인 도시인의 유혹에 넘어가 집을 떠나려 한다. 아버지는 아들을 저주하고, 어머니와 형제자매들은 눈물을 흘린다. 「벌 받는 아들」에서 절망에 빠져 돌아온 아들은 쇠약하고 병든 모습이다. 한편, 그의 아버지는 임종에 처해 아들의 수치에 죄책감을 더하고 있다. '회개한 탕아'의 이야기의 유사성과 가족의 책임에 대한 언급이 대중에게 필요하다는 것을 더해준다.

> 자크를 보는 순간 티보 씨는 마음의 동요를 억누를 수 없었다. 그러나 그 자리에 멈추어 서서 두 눈을 감았다. 그는 응접실에 그 복사판이 걸려 있는 그뢰즈의 그림처럼 죄지은 아들이 그의 무릎 앞으로 달려와 엎드리기를 기다리고 있는 것 같았다. 아들은 감히 그러지 못했다. 서재 역시 무슨 잔칫날처럼 불이 환하게 밝혀져 있었고, 그때 마침 부엌 문앞에 두 하녀가 나타났으며, 더구나 티보 씨는 저녁에 입는 가벼운 저고리를 걸치고 있을 시간인데도 불구하고 프록코트를 입고 있었다. 이 모든 예사롭지 않은 광경이 자크를 마비시켜 버렸다. 자크는 유모의 품에서 빠져나와 뒤로 물러섰다. 그리

고 머리를 숙이고 자기도 모르는 그 무엇을 기다리면서, 울고 싶기 도 하고 웃고 싶기도 한 심정을 동시에 느끼면서 서 있었다. 그의 가슴속에는 그토록 애정이 복받쳐 있었다!
그러나 티보 씨의 첫마디는 그를 이미 이 가정에서 쫓아내버리기라도 하려는 것 같았다. (로제 마르탱 뒤 가르, 『티보 가의 사람들 1』, 131~132쪽)

그러나 아들은 감히 아버지 앞에 엎드리지 못했다. 그는 울고 싶기도, 웃고 싶기도 한 심정으로 친구 다니엘의 엄마처럼 아버지가 안아주기를 기다렸는지도 모른다. 그러나 아버지는 음험한 표정으로 양탄자만 뚫어져라 바라보고 있는 아들에게 화가 났다. 서로가 서로의 마음을 알지 못하는 것, 그것은 아마데우와 그의 아버지의 관계에서처럼 똑같이 나타난다. 아들의 마음을 몰라주는 자크의 아버지도 결국 노한 목소리로 "다시는 그런 추태가 일어나지 않도록 하기 위해 내일 당장 방침을 생각해 보기로 하자"라고 말한다. 그는 아들이 목석 같다고 생각한다. 그러나 어린 아들은 잔칫날처럼 불이 환한 서재와 아버지가 입고 있던 코트, 그것이 아들을 위해 준비한 아버지의 마음임을 알지 못했다. 이렇게 아버지와 아들은 어긋난다. 다음날 신부님의 설교에 울음을 터뜨리고 비로소 현관에 환하게 켜 있던 촛불이 자신을 위한 것이었음을 어렴풋이 느낄 무렵 아버지가 자신을 소년원으로 보내기로 했다는 사실을 듣는다. 그는 함정에 빠진 짐승처럼 신음 소리를 내고 분노에 사지를 떨었다.

소위 '아버지의 법'이라는 엄한 아버지와 순종하는 아들의 주제는 시대와 장소를 막론하고 이어져 왔다. 아버지 상은 가족에 대한 책임과 집안의 권위를 대표하면서 강화되었다. 그런 아버지의 말씀은 그 자체로 법이었고, 따라서 아버지의 뜻을 거역한 자크에게 가출은 자유도, 반항도 아닌 스스로에게 독이 될 뿐이다. 그는 집안에서 설립한 소년원에 감금되어 거의 일 년의 시간을 보낸다. 이후 집으로 돌아오지만, 그는 이미 많은 것을 경험한 터였다. 아무것도 할 수 없는 금지에 대한 경험이었다. 그는 겁에 질렸고, 마침내 무기력해진다. 집으로 돌아와 실연을 경험한 그에게 과거는 너무도 빨리 망각 속으로 사라져 버리는 반면, 미래란 초조함밖에는 아무것도 일깨워 주지 못하였다. 그리고 오늘은 "현재가 참을 수 없도록 씁쓸한 맛을 집요하게 물고 늘어지는 것이었다"(『티보 가의 사람들 1』, 312쪽). 아마데우나 자크에게 영향력을 미치던 아버지, 그것은 거부하지 못하는 힘이었지만, 평생의 흉터이자 낙인이 된다.

반면, 아버지의 부재는 다른 방식으로 아들에게 영향을 미친다. 『귀향』의 페터 데바우어에게는 아버지가 없다. 그의 모든 관계는 어머니와 아버지의 아버지, 어머니인 자신의 조부모에 한정되어 있다. 아버지의 이야기를 회피하는 어머니와 조부모님 사이에서 페터가 그리워했던 아버지는 자신이 꿈꾸었던 모습, 즉 자신이 간절히 원하던 모습에 대한 그리움이다.

"아버지는 여기서 자랐고, 어렸을 적에는 종이로 접은 모자를 쓰고 목마를 탔고, 김나지움에 다닐 때는 넥타이에 양복식 교복을 입고, 자전거를 탔고, 나중에는 헐렁한 등산용 헤링본 반바지를 입었고,

우표를 수집했고, 합창단에서 노래를 했고, 핸드볼을 했고, 그림을 그렸고, 책을 많이 읽었고, 시를 좋아했고, 근시였고, 대학입학 자격 시험을 본 뒤에는 군대에 가지 않고 법학을 공부했고, 독일로 왔고, 그리고 전쟁에 나갔어요." (『귀향』, 256쪽)

조부모님이 들려준 아버지의 이야기다. 페터는 그 이야기를 어머니에게 들려주면서 마치 아버지로부터 직접 들은 것처럼 묘사한다. 돌아가셨지만 아버지가 생전에 좋아했다던 시를 모두 외우면서 페터는 그 시들을 모두 자신의 것으로 만들었다. 그러나 조부모님 집에서 발견한 제목도 작가 이름도 없는 책에 매료되어 성인이 되어서도 책 속의 인물을 추적하면서, 그리고 일하고 있던 출판사로 들어온 원고를 읽게 되면서 자신의 아버지가 살아 있으며, 그 아버지는 어머니와 자신을 떠나 미국에서 결혼하였고, 그곳 대학의 정치학과 교수로 재임하고 있다는 사실을 알게 된다. 전쟁이 있었고, 전쟁의 상흔 속에서 아버지는 자신을 내팽개치고 몰래 도망쳤다. 그러나 페터는 이 사실 때문에 자신이 상심한 것도 아니고, 어머니의 거짓말 때문에 실망한 것도 아니라고 생각한다. 화가 났고, 반항적인 분노를 느꼈지만, 당장 미국으로 가서 아버지에게 자신의 감정을 폭발시킬 수도 없었다. 아버지가 살아 있다는 사실을 알았다고 해서 자신의 유년시절이 더 행복했을 것 같지는 않다. 아버지가 살아 있다는 것을 지금 알았다고 해서 인생이 달라질 것도 아니었다. 그러나 그의 분노는 사라지지 않았다. 아버지의 부재는 자신의 기억 속에서 다르게 자리매김하고 있었다. 사실을 알기 전까지 아버지는 아버지의 부모이자 자신의 조부모님의 따뜻한 집에서 묻어나오는 그리움의 정서였다. 조부모님으로부터 들은 아버지의 이야기를 자랑처럼 어머니에게 들려주던 그 시절에 대한 기억은 자신이 지나온 과거이자, 자신의 현재를 완성한 것들이다. 그러나 아버지가 살아 있다는 것은 자신의 과거를 모두 무효로 만들고, 지금 자신의 정체성을 형성한 기반들 또한 흔들릴 수밖에 없다. 미래는 말할 것도 없다.

선과 악

아버지가 아들을 사랑하는 방식은 부르주아 집안의 그것처럼 극히 권위적이다. 아버지와 아들. 그 사이에는 무한한 애정과 복잡하게 뒤섞인 자존심 싸움이 존재한다. 자크는 아버지가 먼저 안아주기를 기다렸다. 그러나 아버지는 그대로 버티고 있는 아들의 버릇을 고치기 위해 철저히 냉정하게 행동한다. 소년원에 갇힌 자크는 자신이 나약한 어린아이임을 수긍할 수밖에 없다. 아버지가 볼 때 아들의 행동은 개성이 아니라 악이었다. 악한 아이는 교도를 통해 악한 본능을 약화시켜야만 복종시킬 수 있다는 것이 아버지의 생각이다. 나쁜 짓을 하려는 의지를 꺾어 버려야 그것을 없앨 수 있다는 것이었다.

그러나 철학적으로 볼 때, 악에 대한 자크 아버지의 주장은 아버지의 권위에 대한 것이지 선과 악에 대한 것과는 직접적인 관련이 없다. 베른하르트 슐링크의 『귀향』은 악의 선한 면을 이야기한다.

"악이 우리의 도덕성을 일깨우고 연마시키는 것은 아닐까요? 악을 속박하는 기관과 모든 문화의 기반이 되는 제도를 악 스스로 만들게 하는 것이 아닐까요? 악이 선과 악 사이의 적대감을 생성시키고, 인간들 사이의 적대감을 만드는 건 아닐까요? 인간에게는 정체성을, 삶에는 긴장을 부여하는 그런 적대감 말입니다. 악의 선한 면이란 악이 선을 위해 쓰일 수 있다는 겁니다. 가난과 고통이 진보와 문화를 가능케 하고, 폭력이 평화를 보장하고, 무고한 사람들의 희생이 정의로운 혁명과 정의로운 전쟁을 성공으로 이끕니다."(『귀향』, 390~391쪽)

페터가 마침내 찾아낸 아버지 드 바우어 교수의 선과 악에 대한 설명은 어느 철학자의 견해대로 악이 선과 불가분의 것이며 이들을 분리시키고자 하는 것은 유토피아적 기도임을 보여 준다.

그렇다면 자크가 저지른 어떤 부분이 악인가? 앞에 이야기한 종교에서 명명된 동성애가 악인가, 아니면 아버지에 대한 거역이 악인가? 정체성의 형성이 이루어지는 사춘기의 소년에게 무엇이 악인지는 분명하지 않다. 아니, 선과 악에 대해 무관하다고 말해야 옳다. 그러나 악은 이미 존재하거나 선험되는 것이 아니라 주체의 진리 과정이 아닐까? 즉, 선(善)—계속적으로 교란되는 삶의 내적 규범—의 효과(알랭 바디우,『윤리학』, 75쪽)로서 악이 필요한 것이다. 아들에게 분노한 아버지는 아들을 소년원에 감금한다. 아버지는 신의 역할을 수행한다. 혹은 사회가 대리인이 되는 대신 아버지가 벌을 주관한다. 자크는 자신의 죄를 인정할 수 있을까? 자신이 소년원에 가기로 결정되었다는 이야기를 들었을 때 그는 미친 듯이 분노한다. 그러나 규칙과 복종에 고통받고 무위에 길들여지면서 그의 분노 또한 수그러든다. 그에게 죄와 악은 감금과 복종에 의해 구축되는 진리였다. 그는 무위가 끔찍했지만, 시간이 흐르자 소년원의 생활로부터 벗어나는 것이 더욱 두렵기도 했다. 익숙해진 생활은 때로 편하기는 하다. 밖으로 나간다면 또 다른 변화를 겪어야 하며, 소년원에서 얻은 진리와 세상의 진리가 마찰할 것이었다.

소년원에서 자크를 만나고 돌아온 형 앙투안느는 아버지에게 자크를 집으로 데려오게 해달라고 청한다. 그곳의 교도방법이 의심스럽다는 이유였다. 자크는 혼자 격리되어 있는 것에 만족한다고 했지만 앙투안느는 그것이 문제라고 지적한다. 아무런 의미 없는 마비 상태가 계속된다면 자크의 건강도 미래도 위태로울 것이라는 것이다. 그러나 아버지는 장남이 자신을 가르치려 한다는 점을 지적하면서, 자크에 대해 "너는 네 동생이 어떤 인간이었는지 알고 있어. 너는 그렇게 나쁜 짓을 하려는 의지를 꺾지 않고 그것을 없앨 수 있다고 생각하니? 악한 아이를 점차로 약화시키면서 그의 악한 본능을 약화시키는 것이고, 그렇게 함으로써만 목적을 달성할 수 있는 거야"(『티보가의 사람들 1』, 206쪽)라고 말한다. 그 목적이란 자크가 다시는 화를 내지 않고 사람들 앞에서 예의를 지키고 공손해지는 것이다. 아버지는 일 년도 채 안 되어 자크가 질서를 좋아하고 새로운 생활의 규칙성을 좋아하게 되어 다행이며, 완전히 교도된 후에 집으로 돌아오게 할지에 대해 결정하겠다고 말한다. 그러나 앙투안느는 아버지에 굴복하지 않고 자크를 그곳에 둔다는 것이 죄악이라고 하면서 분노를 터뜨린다.

이처럼 아버지가 말하는 악과 앙투안느가 지적하는 악의 개념은 팽팽하게 맞선다. 아버지에 대한 두려움과 순수한 기질 때문에 자크는 반항하며, 자크에 대해 제대로 이해하지 못하는 아버지는 아들이 악하다고 믿는다. 반면, 앙투안느는 동생의 창의성과 내적 가치를 알아보고 자크에게 반드시 자유가 필요하다고 생각한다. 몸에 직접적인 고문을 가하지 않았을 뿐 자크를 격리시킨다는 것은 학대이며 그것 또한 악이었다. 그렇다면 그들은 어떻게 합의에 이를 것인가? 그들은 합의에 이르지 못한다. 아버지의 법, 즉 아버지의 권위가 절대적일 때 아버지의 말은 신의 말이나 다름없는 진리였다. 그러나 앙투안느는 아버지의 말씀에서 진리가 아닌 모순을 꿰뚫어 본다. 그는 과학적 판단을 믿는 의사이며 독자적인 생각과 행동을 하는 성인인 것이다. 결국 신부의 간접적인 중재가 자크를 집으로 돌아오게 한다. 물론 이 과정에서도 아버지의 권위와 신부의 권위가 팽팽한 긴장감을 조성한다. 그러나 신부는 자크의 아버지로 하여금 자식에게 굴복하지 않으면서도 앙투안느의 의견을 받아들일 수 있는 제안을 한다. 그 방식이 두 사람의 아주 치밀한 심리전으로 이루어져 있어, 이 소설의 미덕을 극대화시킨다.

앞에서 나는 문학과 만났을 때의 기쁨 중 독자가 놓치고 있던 감정들, 예사롭게 넘겼던 자신의 모호한 자세들에 대해 문학이 일깨워 줄 때의 기쁨에 대해 말했다. 감정을 느낀다고 해서 그 감정을 모두 인식하는 것은 아니다. 강한 감정은 가슴 속에서 소용돌이치지만, 그렇지 않은 감정은 그냥 흘러가고 만다. 그렇다고 그 감정을 사소한 것이라고 말하기는 어렵다. 언제든지 적확한 표현과 만났을 때 여지없이 기억을 건너 다시 오기 때문이다. 이렇듯 언어는 감정을 제한하기도 하며 풍부하게 만들기도 한다. 언어로 잡히지 않은 많은 감정들 외에도 언어에 의해 포획되는 순간 쾌감을 느낄 수 있다. 시대적 상황과 상관없이 로제 마르탱 뒤 가르의 소설은 그런 쾌감을 전해주는 데 손색이 없다.

5장.

주인공이 되다

10분도 지나지 않아서 조지는 조지가, 다른 사람들이 알아보고 다른 사람들의 이름 부르는 조지가 되어야 한다. 그래서 이제 조지는 의식적으로 애써 다른 사람들의 생각에 주파수를 맞추고 다른 사람들의 기분을 느끼려 한다. 베테랑의 실력으로, 자기가 연기해야 하는 이 역할에 맞는 가면을 기꺼이 쓴다. ……

이제 조지는 배우다. 분장실에서 방금 나와서, 소도구와 조명과 무대 기술자들이 있는 무대 뒤 세계를 서둘러 지나가며, 무대로 등장하려는 배우. 침착하고 안정된 베테랑인 조지는 사무실 문 앞에서 잘 계산된 시간만큼 잠시 멈칫한 뒤, 사람들이 자신에게 요구하는 영국억양을 미묘하게 섞어서, 활발하고 확실하게 첫 대사를 말한다. "안녕하세요!"

—크리스토퍼 이셔우드, 『싱글맨』

❖

열등한 사람들, 무대에 서다

현실에서 주인공이 될 수 없는 주변인들, 뛰어나지 못한 인물들이 소설에서 주인공이 되는 경우가 많다. 그들은 문학을 통해 새로운 대상이 되거나 주체들이 된다. 그들의 자리와 정체성이 드러나면서 중심부의 인물 못지않게 모순적인 욕망을 가지고 있으며 그것 때문에 갈등하고 있음을 조명하는 것, 그것이 문학이다. 그레고리우스는 어찌 보면 따분한 인물이다. 학문적으로 뛰어나지만 고리타분한, 수년을 성실하게 학교에만 바친 사람이다. 갑자기 일어나서 학교를 나온다는 것은 상상할 수도 없는 일이다. 그런 그가 우발적으로 리스본으로 떠나오기는 했으나 후회가 생기지 않는 것은 아니다. 그는 도착하자마자 자신이 근무하던 스위스 베른으로 되돌아가고 싶은 충동 또한 느낀다. 리스본에 남아 있는 것은 그의 굳은 의지 때문이 아니다. 그는 "베른으로 돌아가는 비행기를 예약하기 위해 오늘 저녁에 다시 공항에 전화를 거는 일이 없도록"(『리스본행 야간열차』, 90쪽) 프라두의 책에서 받은 굉장한 느낌이 사라지지 않기를 바랐다. 이렇듯 대부분의 사람들은 평범하고 자신의 생활에 충실하다. 그렇게 큰 기쁨이나 슬픔을 느끼며 살지는 않지만 주어진 자리에서 묵묵하게 살아내는 것이다. 그런 사람들에게 갑자기 어떤 변화가 일어나는 것은 쉬운 일은 아니다. 그레고리우스는 이미 이혼도 겪었으나 큰 변화 없이 혼자 살아가고 있었다. 그런 그가 돌풍이 부는 아침 출근길에 만난 '빨간 코트의 여자', 홀연히 학교를 나와 여자를 찾기 위해 들른 '에스파냐' 서점, 외국어로 쓰인 책에서 발견한 '프라두의 사진'은 소설 첫 문장처럼 그의 삶을 바꾸어 놓은 키워드들이다. 소설은 "라이문트 그레고리우스의 삶을 바꾸어 놓은 그날은 여느 날과 다름없이 똑같이 시작됐다"라고 시작한다. 책 속의 사진에 빠져든 그레고리우스는 마치 그에게 삶의 다음 장이 있다는 암시를 받은 듯 여행을 시작한다. 그의 평범한 삶이 극히 다른 방향으로 흘러가는 지점이다.

우리의 평범한 삶도 그렇게 소설의 2부처럼 다른 장이 있지 않을까? 나는 어느 날 휴직을 하고 집을 팔아 아이들 셋을 데리고 세계여행을 떠난 한 가족을 떠올린다. 그들은 화려한 여행길에 오른 것이 아니다. 캠핑카에서 고단하고 힘겨운 여정을 보내면서 낯선 나라를 통과하고, 이국사람들의 도움을 받고, 감사의 응대를 하면서 삶의 다른 얼굴과 대면했을 것이다. 제자리에서는 절대 알지 못할 세계의 층위들과 침묵, 소리 없는 함성, 숨소리에 둘러싸여 보기도 했을 것이다. 나는 그들이 물질적으로는 아니지만 두 배로, 세 배로 강렬하게 삶을 살아냈다고 생각한다. 그들은 더 이상 평범할 수 없다.

『프랑스 중위의 여자』의 찰스는 부르주아지이지만, 다른 누구보다 열악한 상황에 놓여 있다. 백부에게 받을 한정 상속이 아니라면 아주 여유롭게는 살아갈 수 없고 아내의 지참금에 기댈 수밖에 없다. 그럼에도 그는 빅토리아 시대의 전형적인 여성상에서 어느 만큼은 벗어난 어니스티나를 선택한다. 그러나 여전히 그녀에게서 경박한 성향을 발견할 때마다 경멸감을 갖는다. 그것은 상업으로 돈을 벌고 지위를 산 그녀의 집안에서 기인한다. 그에게는 신사이고 잘난 척하는 장인이 장사꾼에 지나지 않는다는 의식이 있었던 것이다. 사라에 대한 그의 감정 또한 마찬가지로 이중적이다. 그는 프랑스 중위에게 순결을 바친 사라에 대해 연민을 품고 있으면서도 동시에 그녀에게 끌리는 자기 자신을 책망한다. 그는 성적 욕망에 대해 혐오하는 동시에 열망한다. 그의 갈등은 그가 평범하고 풍족하게 살아갈 수 있는 길을 포기하는 것이기도 하다. 결국 파혼을 하면서까지 그의 지위에 손상을 입히고 얻은 것은 무엇인가? 적어도 그는 자신의 감정에 충실하면서 자신을 속이거나 사라를 속이지는 않았다.

삶은 이중적인 잣대로 조종되고 있으며, 그렇게 조종되고 있는 자신에 대해 혐오감을 가지거나, 합리화하는 것이 보통이다. 그런 면에서 아마데우 프라두 같은 사람은 절대적인 동경은 안겨 주지만, 공감의 대상은 아니다. 그의 총명함, 지성은 교수들을 능가했다. 나이 60이 넘은 그레고리우스가 빠져들기에는 너무 젊은 인물이다. 그러나 아마데우의 인생은 마치 그레고리우스가 가보지 않은 과거인 것만 같다. 그는 소설에서 자주 드러나는 자신의 이면, '또 다른 자아'에 대한 인식으로 아마데우에게 매료된 것이다. 자신과는 다른 아마데우의 열정, 젊음, 구사한 언어들. 그레고리우스는 마르코 폴로가 그랬던 것처럼 "자신이 갖지 못했고 앞으로도 가질 수 없는 수많은 것들을 발견함으로써 자기가 가지고 있는 것이 얼마 되지 않는다는 것을 인식"(『보이지 않는 도시들』, 40쪽)하게 될 것이다. 독자는 아마데우보다 그레고리우스에게 또 다른 자아를 느낀다. 한 가지에 집중하며 살아왔기 때문에 그가 버리지 못하는 오래된 습관들, 권태, 혹은 익숙함에 동의하는 것이다. 그런 그가 통째로 그에게 속한 것들을 버리는 순간이 소설을 가능하게 만드는 순간이며 독자가 일체감을 느끼는 순간이다.

불행한 존재

독일의 한 위대한 철학자는 삶에 대한 의식은 곧 삶의 불행에 대한 의식이라고 했다. 그 의식은 의식으로만 그치는 것이 아니라 생겨나는 모든 위험을 받아들이는 것이며 삶을 총체로서 사랑하는 것이기도 하다. 작가야말로 삶에 대한 의식에 몰두하는 대표적인 사람들이다. 그들은 무엇보다 글쓰기라는 고독 속에 파묻히면서 "무언의 삶, 완전히 무관심한 삶을 전적으로 모방하는 '광적인' 기획에 몰두해야 하는 자"(자크 랑시에르, 『정치적인 것의 가장자리에서』, 182쪽)들이다. 자크 랑시에르는 이것에 대해 예술가의 '이중의 망명'이라고 이름 붙였는데, 문학에는 다수성의 경험과 불일치의 경험 두 가지 모두가 전시되기 때문에 예술가가 모국어를 쓰고 모국의 영토에 있음에도 불구하고 망명을 겪는 상황에 놓이는 것이다. 그것은 글쓰기가 자기 집에 있으면서 남의 집에 있다고 느끼는 것, 어떤 장소에서 이방인이 갖는 인접성 속의 거리감이기도 하다. 작가는 그 극단의 문턱들에서 비밀이 아닌 비밀들을 캐내는 신체라 할 수 있다.

글을 쓴다는 것은 고독을 긍정하겠다는 것이다. 모리스 블랑쇼도 이야기했듯이 "영원한 새로운 시작이 지배하는 시간의 부재의 위험에 자신을 맡기는 것"이며 나에게서 그로 나아가는 것이다. 때문에 "나에게 일어나는 것은, 아무에게도 일어나지 않고, 그것이 나에게 관계하면서도 익명적이며, 무한의 흩어짐 가운데 되풀이된다"(『문학의 공간』, 34쪽). 이런 그들의 조건 때문에라도 설정 인물들이 단순하거나 행복할 수 있다는 것은 불가능한 일처럼 보인다. 이 책에서 다루는 다수의 인물들은 불행에 빠져 있다. 시대적 상황에서든, 타의든, 자의든, 불행을 당하고 불행을 끼친 인물들이다. 그 불행은 그들을 존재론적인 고독에 빠지게 만들고 그때까지와는 전혀 다른 삶의 전환점에 발을 디디게 한다. 예측하듯이 삶의 전환점이 항상 희망적인 것을 지시하지는 않는다. 그들은 더욱 불행해지기도 한다. 그러나 그 불행은 행복의 곁에서 그늘지고 축축하고 음산한 것으로만 존재하지 않는다. 그것은 그것으로서의 기승전결의 형태를 가지며 다른 장소, 다른 사유, 다른 언어를 생성한다.

아마데우와 루드빅, 조지, 찰스, 한나, 브리오니는 각기 다른 형태의 불행을 겪지만, 그것은 행복 앞에 고개 숙여야 하는 재앙 같은 것이 아니다. 그들은 선택의 순간에 이런저런 선택을 했으며, 그 선택에 의해 전혀 다른 장소로 이동하여, 다른 언어를 자신의 삶에 들여놓는다. 그 언어들은 존재하지 않는 단어들이 아니다. 사전에서 엄연히 존재하지만 사용되기까지는 잠자고 있는 그런 언어들이다. 의사로서의 아마데우가 멩지스가 다쳐 실려 왔을 때 그를 치료할지, 죽여야 할지 고민했던 순간이 그러하고, 한나가 쓰지도 않은 보고서로 심문을 받을 때 자신이 문맹이라는 사실을 숨기기 위해 자신이 썼다고 진술했던 순간이 그러하다. 우리는 매순간마다 여러 가지 선택을 하지만 그 선택이 사실상 어떤 결과를 가져올지는 전혀 알지 못한다. 인간은 불완전하고 앞을 내다볼 줄 모르는 존재인 것이다. 루드빅은 농담 한마디가 자신의 인생을 바꿔 놓을 것이라고 전혀 예측하지 못한다. 농담이 통하지 않는 시대에 그의 농담 한마디는 그의 모든 생각을 보여주는 것으로 취급되었기에 그는 자신의 말에 책임을 져야 했다. 오롯이 자신의 의도대로 행했다는 전제에서 책임을 져야 했다.

오이디푸스도 마찬가지이다. 그는 스핑크스의 수수께끼를 풀어 테베를 구할 만큼 지혜로운 인물이었지만, 결국 무지로 인해 궁극적인 절망에 빠지는 인물이다. 그는 아버지인 줄 모르고 아버지를 죽이고 어머니인 줄 모르고 어머니를 아내로 삼아 자식을 낳는다. 그는 역병의 주범인 테베의 선왕을 살해한 이를 꼭 잡겠다고 예언자를 부르고, 밝히지 않으려는 테레시아스를 추궁해 자신이 바로 그 주범임을 알아낸다. 그는 자신의 말을 지키기 위해 스스로 눈을 찌른다. 그렇게 해서 삶의 아이러니를 몸소 재현한다. 그런데 그의 무지라는 것은 타고난 비극적 운명의 암시에 의해 버림받고, 그 버림받음이 원인이 되어 다시금 운명적 존재가 된다는 삶의 수수께끼에서 기인한 것이 아닌가.

그러나 존재의 불행은 이렇듯 운명적이고 절대적인 것에만 있지 않다. 사소하고 무의미한 삶에 상실감을 느끼는 것은 인생을 거대하게 의미화하는 인간만이 가진 피할 수 없는 불행의 인식이다. 행복은 사회의 거대담론이 되었지만 행복한가, 그렇지 않은가가 객관적일 수는 없다. 개인마다 느끼고 얻어야 하는 욕구가 다르다. 인간은 존재론적으로 불행하다. 조지처럼 아침에 눈을 떴을 때 밀려오는 자괴감을 그대로 짊어져야지 어찌할 수가 없다. 조지에게 '지금'은 단순히 지금이 아니다. '지금'은 어제에서 하루가 지난 잔인한 암시다. 지난 '지금'은 모두 과거가 된다. 조지는 조만간 자신에게 죽음의 순간이 오리라 느낀다. 그리고 '조지'가 되기 위해 몸을 일으킨다. 거울에 비치는 모습은 궁지에 빠진 표정의 얼굴뿐이다. 흐릿하고 지친 눈빛, 근육이 처진 뺨, 쭈글쭈글 늘어진 목이 보인다. 그에게는 죽음과 삶이라고 하는 바깥세상이 포개지는 순간이다. 삶을 육중한 무게로 받아들여 자신이 덫에 걸린 느낌이 든다면 아침은 두려울 수 있다. 그럼에도 다시 누워 버릴 수가 없다. 대뇌가 내리는 명령에 따라 고분고분하게 세수와 면도를 하고 머리를 빗는다.

우리는 여전히 살아 있을 것이다. 조지가 말한 '그 날'이 올 때까지는 계속 싸울 것이다. 용감해서가 아니라 다른 대안을 상상할 수가 없기 때문이다. 『댈러웨이 부인』에서 셉티머스가 창밖으로 몸을 던져 자살을 한 순간에도 파티는 계속되는 것과 마찬가지다. 청년은 쓸데없는 일들에 둘러싸여 가려지고 흐려져서 날마다 조금씩 부패와 거짓과 잡담 속에 녹아 사라지는 인생에서 자신을 지킨 것이다(버지니아 울프, 『댈러웨이 부인』, 240쪽). 클라리사 또한 부모가 손에 쥐어 준 인생을 끝까지 살아야 한다는 것, 평온하게 지니고 가야 한다는 것에 대해 덮쳐오는 무력감을 느꼈다. 남편이 아니었다면, 그녀는 더 살 수 없었을 것이었다. 파티를 주최해 놓고 작은 방에 들어와 알지 못하는 청년의 죽음에 대해 생각한다. 그녀는 남편과 손님들이 있는 곳으로 다시 가봐야 했다. 방들은 여전히 북적이고, 손님들은 계속해서 오고 있었다. 그녀가 방안에 머물며 창밖 맞은편 노부인을 바라보고 있는 사이에도 집안의 사람들은 여전히 웃고 소리치고 있다. 청년은 자살했지만, 이 모든 것은 여전히 계속되는 것이다. 그것이 일상의 위대성이고 잔인함이며, 문학은 이런 사실을 고통스럽게 일깨워 준다.

나는 셉티머스보다 훨씬 외로웠을 아내를 생각한다. 이탈리아에서 남편을 따라왔지만 남편은 변했다. 전쟁에 나가 싸운 용감한 남편의 모습은 더 이상 볼 수가 없다. 그는 자살을 하겠다 하며, 혼자 벤치에 쭈그리고 앉아 골똘히 앞만 내다보면서 중얼대고 있다.

> 비록 눈에 보이지는 않는다 해도, 밤은 그 모든 것으로 충만하다. 빛깔도 없고, 불 켜진 창문 하나 보이지 않지만, 사물은 좀 더 육중하게 존재하며, 밝은 대낮에는 드러나지 않는 것을 암암리에 내비친다. 새벽이 가져다주는 안도를 빼앗긴 채 어둠 속에 함께 웅크리고 있는, 거기 어둠 속에 뒤엉켜 있는 사물들의 혼란과 불안을. 새벽이 벽들을 흰색과 회색으로 씻어 내고 유리창 하나하나를 비추며 들판에서부터 안개를 걷어 버리고 평화로이 풀을 뜯는 적갈색 암소들을 보여 줄 때면, 모든 것이 다시금 눈앞에 차려지고, 다시 존재하는 것이다. 나는 혼자다. 나는 혼자야! 그녀는 리전트 파크의 분수 곁에서 울었다. (『댈러웨이 부인』, 34~35쪽)

이것이 사랑 하나를 믿고 이국땅에 온 자신을 외롭게 만드는 남편에게서 느끼는 어둠의 모습이었다. 그러나 그녀는 자신이 그의 아내이며, 1년 전 밀라노에서 그와 결혼했다는 사실을 상기해 내고는 남편이 미쳤다는 말은 결코 하지 않겠다고 결심한다.

깨달음의 비극

우리 속담에 '아는 게 약이다'와 '아는 게 병이다'라는 대립적 표현이 있다. 그때마다 다르게 의미화가 되기 때문에 가능하듯이, 무지로 인한 비극뿐만 아니라 앎으로 인한 비극도 있다. 나는 앎에의 집요한 추구로 인해 비극을 자초한 오이디푸스를 떠올린다. 아버지인 선왕을 죽게 한 범인이 자기 자신이었다는 진실은 앎을 통해 얻은 최악의 벌이다. 앞을 보지 못하지만 예지능력이 있는 테레시아스와 스핑크스의 수수께끼를 풀고 테베인들을 구하면서 지혜의 상징이 된 오이디푸스 사이에는 극명한 대립이 있다. '본다'는 것에 대한 의미이다. 앞을 보지 못하지만 앞날의 운명을 보는 테레시아스와 앞을 보지만 한치 앞의 일도 내다보지 못하는 오이디푸스를 놓고 보았을 때 본다는 것의 의미는 달라질 수밖에 없다.

루드빅이 믿고 있는 진실 또한 실제로 벌어진 진실인지 그가 환상 속에 고착화시킨 진실인지 알 수 없다. 그는 15년 전에 자신이 처한 파멸에 대한 복수로 제마넥의 아내를 끌어들인다. 루드빅은 그의 아내와 기괴한 섹스를 하는 것으로 제마넥과의 싸움에서 이겼다고 생각했으나, 제마넥에게는 이미 정부(情夫)가 있다. 루드빅과 마주친 그가 그녀를 루드빅에게 소개한다. 루드빅은 삶이 제마넥의 정부의 모

우리는 눈을 가린 채 현재를 지나간다. 기껏해야 우리는 현재 살고 있는 것을 얼핏 느끼거나 짐작할 수 있을 뿐이다. 나중에서야, 눈을 가렸던 붕대가 풀리고 과거를 살펴볼 때가 돼서야 우리는 우리가 겪은 것을 이해하게 되고 그 의미를 깨닫게 된다. (밀란 쿤데라, 『우스운 사랑들』, 12쪽)

습을 통하여 자신의 실패를 알려주고 조롱하고 있다는 생각이 들었다. 그녀는 젊고 아름다웠으며 루드빅의 마음에도 들었다. 서른일곱의 나이가 가져오는 잊혀져 가는, 잊혀진, 아주 미세하고 덧없는 한 조각 시간의 파편에 지나지 않는 것이라 해도, 그는 자신의 운명 안에 그리고 나이 안에 머물고 싶다는 생각에 이르렀다. 그는 제마넥이 화해를 청한다 해도 거절하리라 결심했지만, 헬레나와의 간통에 대해 그가 루드빅을 용서함으로써 자신에 대한 루드빅의 용서를 확보해 놓은 것처럼 보이는 것에 대해서는 덫에 걸린 기분이었다. 루드빅은 자신과 공유된 세계 속에 있던 제마넥이 지금은 어린 정부에 의해 다른 시대에 가 있다는 느낌을 받는다. 그것은 이 여자가 자신의 시대에 대해 차디찬 무관심을 보이는 것처럼 제마넥에게도 지나가 버린 과거였다. 루드빅은 홀로 과거에 매달리고 집중해 있었던 것이다. 그가 복수하고자 했던 자신의 과거는 바로 그 자리에서 마주쳤는데도 마치 알지도 못한다는 듯이 쳐다보지도 않고 지나가 버린다. 과거는 바로 그 장소로부터도, 그때 동참했던 사람들로부터도 잊혀졌다. 그 과거는 오로지 루드빅의 과거일 뿐이었다. 복수를 해야 했다면 15년 전 대학 강당에서, 제마넥이 『교수대 아래에서 쓴 르포』를 낭독하고 있을 때 했어야 했다. 그때 그 앞으로 나아가 따귀를 때렸어야 했던 것이다. 미루어진 복수는 환상으로, 자신만의 종교로, 신화로 바뀌어 버리고 만다. 그 신화는 날이 갈수록 신화의 원인이 되었던 주요 인물들로부터 점점 더 분리되어 버린다. 그 인물들은 사실상 더 이상 예전의 그들이 아닌 것이다.

이제 예전의 얀이 아닌 다른 얀이 역시 예전의 제마넥이 아닌 다른 제마넥 앞에 서 있는 것이며, 내가 그에게 날려야 하는 따귀는 다시 되살릴 수도 다시 복구할 수도 없이 영원히 사라져 버리고 만 것이다.(『농담』, 396쪽)

루드빅은 "사람은 누구나 전문가로서 행사하고 자신을 내세우기를 즐기는 법"이라는 자신의 서술대로 그들이 부당하다는 자신의 믿음에, 감정에 확신을 가지고 있었다. 그러나 코스트카의 독백을 보면, 루드빅은 부당한 처사라는 확신에 사로잡혀서 격렬하게 분노했다. 그가 '부당한 처사'라고 확신에 차서 하는 말은 장면의 요소들과 장면 그 자체를 순전히 그리고 단지 동일시하는 것을 돕는다(롤랑 바르트, 『이미지와 글쓰기』, 95쪽). 그러나 루드빅의 말은 신원 확인이 아닌 해석을 유도하며, 지나치게 개인적인 지평을 향해 간다. 그렇게 해서 자신의 목소리에 담긴 그 부당함에 대한 원한이 지금까지도 그의 모든 행동을 결정지어 왔던 것이다. 진실은 무엇일까? 루드빅이 의문을 가진 것처럼 농담이 심각하게 받아들여졌을 때, 잘못했던 사람은 누구일까? 그냥 운이 나빴다고 해야 할까? 농담은 순전한 농담 외에 그 다른 이물질이 담기지 않은 걸까? 루드빅은 그의 인생 모든 것들을 전부 취소할 수 있다면 좋겠다고 생각한다.

루드빅은 아직 계시를 받았거나 깨달음에 이르지 못하였다. 밀란 쿤데라의 이 장편소설의 원형이라 할 수 있는 「누구도 웃지 않으리」는 그의 단편소설집 『우스운 사랑들』에 수록되어 있다. 밀란 쿤데라의 작품들 전체에 흐르는 주제의식이 이것이 아닌가 한다. 인간에게는 조금씩의 경솔함과 반발심이 있으며, 대화에서 진심을 피해 가는 말을 하기도 하고 농담을 건네기도 한다. 그러나 그 사소함이 모여 자신도 피해 갈 수 없는 그 사람의 대표적인 이미지가 될 수도 있다.「누구도 웃지 않으리」는 13장에 걸쳐 화자가 사소하게 생각하면서 저지른 행동이 어떻게 큰 사건이 되는지를 보여 준다. 1장에서 화자는 매력적인 아가씨가 공장의 재봉틀 앞에서 아름다움을 허비하고 있다는 것을 용납할 수 없다며 친구들에게 부탁해 모델 자리를 구해 주겠다고 말한다. 그렇게 하여 클라라는 그의 집에 살게 된다. 2장에서 화자는 한 남자로부터 자신이 쓴 논문에 대해 평을 써달라는 부탁을 받는다. 그리고 학술잡지의 편집장으로부터 전문가 다섯 명이 그 사람의 글에 혹평을 했으나 그 저자가 화자만이 유일한 권위자라고 물고 늘어지고 있으니 평을 써 달라고 편지를 받는다. 그러나 화자는 자신을 숭배하는 그 저자에게 혹독한 평을 할 수 없어 모호한 말로 그러마고 약속을 하는 답장을 쓴다. 이 모호한 약속은 논문 저자에게는 확답으로 받아들여졌다. 그러나 이것은 논평을 해주지 않겠다고 결심한 상태에서 화자가 보인 온정주의적 태도에 불과했다. 각자 원하는 방식대로 해석했기 때문에 똑같은 화자의 글이었지만 그 의미는 서로의 주장만큼이나 멀어져 버렸다.

이때부터 논문의 저자 자투레츠키 씨는 화자를 찾아온다. 또다시 수락도 거절도 아닌 모호한 답을 해준 화자는 이때부터 거의 날마다 자투레츠키의 방문을 받는다. 하는 수 없이 한 달간 출장을 갔다고 비서에게 말해 두고 화자는 요일을 바꿔 강의를 하되 학생들만 알게 하고 강의 시간표는 그대로 놔두도록 했다. 4장에서 화자의 비서는 자투레츠키 씨의 위협에 화자의 주소를 알려 주고 만다. 5장에서 클라라만 있는 집에 자투레츠키 씨가 찾아온다. 6장에서 마침내 화자의 사무실에서 만난 자투레츠키 씨에게 화자는 그가 자신의 애인에 접근했다고 뒤집어씌우면서 내쫓는다. 7장에서 화자는 자신의 집으로 자투레츠키 씨와 그의 부인이 찾아왔다는 이야기를 관리인에게서 듣는다. 8장에서 그들은 이제 클라라의 공장 작업장으로 찾아오지만 자투레츠키 씨는 그녀를 알아보지 못한다. 9장에서 클라라는 화자의 집을 나가겠다 하고, 학과장에게는 좋지 않은 소식을 듣는다.

독자는 이 9장을 주목해야 한다. 학과장은 화자가 발표한 논문이 학교의 여러 교수들을 표적으로 삼고 있다는 것을 이야기해 준다. 그런데 화자가 자투레츠키 씨를 피하기 위해 출장을 갔다고 둘러댄 사실이 '아무런 사유 없이 삼 개월 전부터 강의를 하지 않은' 것으로 알려져 있다. 화자는 강의를 한 시간도 소홀히 하지 않았다고, 이 모든 게 다 농담일 뿐이라고 설명하고 자투레츠키 씨와 클라라에 관한 이야기를 들려준다. 다음의 대화를 보자.

"사람들의 삶에는 모든 헤아릴 수 없는 의미들이 있어요. 우리 중 그 누구의 과거든 사람들이 제시하는 방식에 따라 아주 사랑받는 국가 원수의 전기가 될 수도 있고 범죄자의 전기가 될 수도 있는 겁니다. 선생님 본인 경우만 해도 한번 잘 들여다보세요. 회의에 모습을 보인 적도 별로 없고, 나타난 경우조차 대부분 입을 다물고 있었죠. 선생님이 정확히 무슨 생각을 하는지 아무도 알 수 없었어요. 나도 우리가 중요한 일을 논의하고 있을 때 선생님이 불쑥 농담을 던져 의심을 불러일으켰던 기억이 있어요. 그런 의심들은 당장은 잊히지만 오늘 과거 속에서 다시 건져 올리게 되면 갑자기 정확한 의미를 담게 되는 겁니다. 또는, 선생님이 지금 자리에 없다는 대답을 듣게 했던 그 모든 여자들을 떠올려 보세요. 아니면 선생님 최근 연구를 봅시다. 누구든지 그 논문이 정치적으로 의심스러운 입장에서 씌었다고 분명히 말할 수 있을 겁니다. 물론 이건 각기 다 다른 일이에요. 하지만 현재의 죄목에 비추어 이 모든 걸 같이 검토하게 되면 선생님의 정신 상태와 태도를 아주 잘 드러내 보여 주는 일관적인 총체를 이루게 되는 거죠."
"아니, 죄목이라니요! 일이 어떻게 돌아간 건지 공개적으로 설명할 겁니다. 사람이라면 다 웃을 거예요." (『우스운 사랑들』, 42쪽)

그러나 학과장은 화자와 반대로 사람들이 웃지 않을 것이라고 말한다. 화자가 사소하게 넘겨 버린 수많은 일들이 지금 상황에서는 문제의 소지가 될 수 있으며, 화자를 치고 싶은 사람들이라면 좋아할 만한 화자에 대한 소문이 퍼질 수도 있다는 것을 경고해 준다. 사소하게 한 말들, 그 속에 약간의 경솔함, 반발심, 그리고 농담이, 피해가는 어법이 있을 수 있다. 그것이 학과장의 말처럼 개인의 모든 표상이 될 수 있다. 그 사소함들만으로 평가될 수 있는 것이다. 「애러비」에서 소년이 경험한 절망과 좌절, 그리고 강렬한 충격과 계시를 통해 깨달은 진실이 그에게는 아직 당도하지 않은 것이다. 10장에서 화자는 비우호적이고 회의적이라고 생각한 학과장의 말이 실현되어 가고 있음을 깨닫는다. 11장에서 클라라는 화자의 연속적인 거짓말에 대해 지적하면서 자투레츠키 씨의 논문에 호의적인 견해를 보여 주는 거짓말로 일을 잘 마무리할 것을 권고한다.

그러나 화자는 이렇게 말한다.

> "있잖아, 클라라, 당신은 거짓말이 다 같다고 생각하는데 그게 아니야. 난 아무거나 다 지어낼 수 있고, 사람들을 조롱할 수도 있고, 온갖 속임수를 다 꾸며 낼 수 있고, 온갖 농담을 다 할 수 있지만 내가 거짓말쟁이라는 느낌은 들지 않아. 그런 거짓말들은, 당신이 그걸 거짓말이라 부르고 싶다면, 그게 나야, 있는 그대로의 나. 그런 거짓말들로 나는 아무것도 감추지 않아. 그런 거짓말들로 나는 실은 진실을 말하는 거야. 하지만 내가 거짓말을 할 수 없는 그런 것들이 있어. 내가 깊이 알고 있는 것, 내가 의미를 알고 있는 것, 내가 사랑하는 것이 있어. 이런 것들을 가지고 난 장난치지 않아. 거기에 대해 거짓말을 한다는 건 나 자신을 비참하게 만드는 일이고 난 그럴 수 없어, 나한테 그걸 요구하지 마. 난 하지 않을 거야." (『우스운 사랑들』, 53쪽)

클라라와 화자는 서로를 이해하지 못한다. 12장에서 화자는 자투레츠키 씨의 부인을 만난다. 그리고 남편의 연구가 독창적이지 않다는 것을 설명한다. 13장에서 클라라는 화자를 판에 박힌 냉소주의자라고 부르며 조교수의 재계약이 성사되지 않을 것이며, 지방 화랑에서 직원으로 받아 주면 다행이라고, 그리고 이 모든 게 당신 잘못으로 일어난 일이라는 것을 알아야 한다고 말했다. 화자는 그녀가 일어서서 나간 후 자신의 이야기가 자신을 둘러싼 얼음 같은 침묵에도 불구하고 비극이라기보다 희극이라는 것을 깨닫는다. 「애러비」의 소년처럼 화자 또한 자신이 조소당했다는 생각에 이른 것이 아닌가.

마침내 어른이 되다

조이스의 단편 「애러비」에서 어린 시절 몸이 뜨거워질 때까지 놀던 풍경의 주체였던 소년의 사랑은 젊은 루드빅의 사랑과 마찬가지로 소녀에게 집중된 것이라기보다는 소녀의 이미지, 머리채와 드레스 자락, 그리고 그 모습을 비추는 가로등 불빛을 향한다. 환상은 오로지 소년의 내부에서 발현되고 들끓다가 막을 내린다. 드디어 이야기를 나누게 된 소녀가 꺼낸 첫 단어가 '애러비'이다. '아라비아'의 시명이면서 당시 더블린에서 개최된 바자명인 애러비는 단어 자체로 어쩌면 애로틱한 공명을 소년에게 준 듯싶다. 이후부터 소녀가 아니라 애러비에 모든 것이 집중된다. 소년은 애러비에 갈 날만 손꼽아 기다리는데, 약속을 잊어버리고 늦게야 귀가한 아저씨에 의해 일차적으로 그 꿈이 좌절된다. 밤 8시가 지나도록 돌아오지 않는 아저씨는 소년으로 하여금 두 주먹을 불끈 움켜쥐고 방안을 이리저리 서성거리게 만든다. 이러한 갈등은 소년의 마음과 꼭 같이 독자를 안달하게 만들지만, 애러비에 도착한다는 것은 결말을 예고한다. 그리고 동시에 반전이며, 배반이 될 터이다. 사람들이 잠자리에 들어 한참을 자고 있을 시간에 귀가한 아저씨로부터 받은 돈을 쥐고서야 소년은 텅 빈 열차에 오른다. 애러비에 도착했을 때는 9시 50분이었다. 입장료를 받는

출입구조차 보이지 않자 소년은 장이 파해 버렸나 하고 염려에 사로잡힌다. 겨우 문을 찾아 들어가자 홀 대부분은 어둠에 잠겨 있다. 문이 열린 상점 몇 개 중 한 곳으로 다가갔으나 여점원은 소년에게 관심을 기울이지 않는다. 그녀는 두 젊은 남자와 말장난을 하고 있다. 의무감에서 소년에게 말을 걸지만, 이내 남자들에게로 돌아가서 아까의 그 내용 없는 대화를 반복한다.

"아이, 난 그런 말은 결코 하지 않았어요!"
"아, 하지만 당신 했잖아요!"
"아이, 난 그런 일이 없다니까요!"
"저 여자가 말했었지?"
"그래, 나도 들었어."
"아이, 그건…… 거짓말이에요!"

이들의 대화 내용에서 알 수 있는 것은 아무것도 없다. 그런데 여점원은 남자들의 희롱을 은근히 즐기고 있다. 소년은 자신이 그곳에 머문다는 것이 아무 소용이 없다는 것을 깨닫는다. 그러나 정말로 물건을 사려고 들른 것처럼 보이기 위해 계속 서성거린다. 그러다가 서서히 돌아서서 걸어 나온다. 이제 홀 위쪽은 완전히 어두워지고, 소년은 문득 자신이 조롱당한 동물 같다고 생각한다. 시시덕거리던 젊은 남녀들이 보여 준 공허한 대화 속에 내재된 세속적 욕망이 자신의 사랑을 성배처럼 지키고자 한 소년의 순수함을 비웃는 것 같았기 때문이다. 그는 번민과 분노에 싸이기 시작한다. 그의 좌절은 결코 사랑에 가닿을 수가 없다는 깨달음과 나란히 한다. 그렇게 하여 그의 사춘기는 끝이 난다.

독자는 소년의 수줍은 사랑에 낯을 붉히고, 소년의 욕망에 동요한다. 그리고 소년의 좌절에 씁쓸한 동의를 하면서, 책을 덮는다. 청소년기가 끝나고 청년이 된다는 것은 진실을 알게 된다는 것이다. 그것은 허탈감이며 첫사랑에의 희미한 기억이거나 허구이다. 어쩌면 우리들의 첫사랑은 허상으로 짜 맞춰진 퍼즐인지 모른다. 여러 문학작품들이 나이를 먹는 것에 대해 회의적인데, 성인이 되는 것에 대해 특히 그런 어조를 가지고 있다. 성인이 되는 것은 성숙해지고 의연해지며 이성적이 되는 것이라고 알려져 있지만, 작가들의 눈에 비친 성인은 그렇지 못하다. 대부분이 좌절에 이르면서 어른이 된다. 어른이 되는 것은 능동적이 아니라 수동적인 타협이다. 어린아이의 모습은 어른의 얼굴 뒷면으로 화석이 되는 것이다. 성숙이란 낙관주의나 완벽한 권태라고 생각한다는 주앙 에사*의 말은 그런 점에서 의미가 있다.

『속죄』에서 브리오니는 부모의 보호 안에서 별다른 어려움 없이 살아오다가 이제는 또래의 다른 아이가 득세하는 데에서 가혹한 시련을 맞게 된다. 그녀에게 다른 사람과 맞서는 일은 "쌀쌀한 기운이 남아 있는 6월 초에 수영장 물속으로 뛰어드는 일과 같다"(『속죄』, 31쪽). 그것은 쓰디쓴 깨달음이다. 어느 순간 타협해야 하며, '어른답게'라는 수식어에 의해 제한당하고 억압받아야 한다. 루드빅은 젊음을 혹독하게 치르지만 증오에 찬 성인이 된다. 그에게는 복수의 정당성

* 『리스본행 야간열차』에서 아마데우 프라두의 친구

만 남아 있었다. 그러나 모든 일들이 처음 생각했던 것과는 다르게 끝나듯, 지연된 복수는 환상으로, 자신만의 종교로, 신화로 바뀌어 버린다. 그에게 환상은 현실보다 더 현실적이었다. 환상 자체는 있는 그대로의 현실이 아니라 현실보다 더 강력한 루드빅의 심리적 현실이었던 것이다. 처음의 원인은 부서져 날아가 버린다. 그는 그토록 혐오했던 민속음악대 속에서 클라리넷을 불기를 자청하였고, 쓰러진 친구를 두 팔로 안는다. 이런 해결은 모호한 삶의 본질을 나타내 준다. 본질적인 것은 모호하다. 모호함의 껍질에 싸여 있지만 본질의 형태는 결코 알 수 없다. 우리는 본질의 외부에만 존재하므로 환상만을 볼 수 있을 뿐이다. 본질이 있는 것을 전제로 할 수는 있지만, 본질의 중심에는 결코 닿을 수 없다. 루드빅이 그랬던 것과 꼭 같이 말이다. 그것은 더 이상 환상이 아닌 믿음이자 신화가 되어 버렸다.

6장.

문학의 비밀

그리고 나는, 증오의 대상 제마넥을 쓰러뜨리는 것을 목표로 했던 이 귀향이 결국은 이렇게 땅에 쓰러진 내 친구를 두 팔에 안고 있는 것으로 귀결되었다는 사실을 확인하며 전율하였다(그렇다, 나는 그 순간, 그를 두 팔로 안고 있는 나, 마치 나 자신의 확실치 않은 죄를 짊어지고 가는 것처럼 거대하고 무거운 그를 안고 가는 나, 군중 사이를 헤치며 그를 옮기고 있는 나, 눈물 흘리고 있는 나를 보았다).

—밀란 쿤데라, 『농담』

❖

아이러니

루드빅의 서술처럼 삶은 아이러니이다. 그에게 농담에서 시작된 15년 전의 사건은 이유와 필연성에 의해 생겨난 일들과 똑같이 실제적인 결과를 가져다주었다. 심각함의 시대에 농담이 통하지 않던 것을 어떻게 해명할 수 있었겠는가? 그러나 루드빅의 인생을 바꿔 버린 그 사건은 그 사건에 연루된 인물들과 더불어 화석화되어 그의 가슴 속에 박혀 있었다. 그는 복수를 하고자 고향에 돌아왔다. 그러나 그의 복수 방법마저 상황을 희극적으로 만들지 않았던가. 그리고 이미 세상이 바뀌어 그들의 세계에 등을 돌리고 있었다. 그들은 세상을 구원하고자 했고 그들의 메시아주의를 가지고 세상을 망가뜨릴 뻔했다. 이제 젊은 세대들은 여행과 모험, 재즈를 좋아한다. 루드빅은 젊은 세대에 휩쓸려지지도 않았고 자신의 사건을 무화시킬 수도 없었다. 그때 그가 그토록 혐오했던 민속음악 속으로 들어갔다. 그 음악은 새로운 시대의 화려함과 사회적 유토피아들로부터 버림받았지만, 그 때문에 사랑할 수 있었다. 인생은 계획대로 되는 것이 아니다. 그가 이미 인정했듯이 처음 생각했던 것과는 다르게 끝나는 법이다. 영광스럽지 못하게 누추하게, 그러나 관조적인 대신 그대로 받아들이는 것이다. 물론 그것은 슬픔이다.

그렇게 삶은 지속되어야 한다. 그 당연한 말에는 냉소적인 어감이 배어 있다. 전쟁은 누구에게나 상처를 남겼지만, 국가는 빠르고 정연하게 회복해야 할 의무가 있다. 『댈러웨이 부인』에서 클라리사 댈러웨이가 묘사한 거리는 생기로 넘쳐흐른다. 규칙적인 말발굽 소리며, 질주하는 조랑말들의 활기찬 소리, 크리켓 배트를 치는 소리가, 그리고 웃어 대는 소녀들이며, 바쁘게 움직이는 상점의 점원들이 그러하다. 그러한 풍경이 있기까지의 많은 희생이 있었지만, 현재는 그와 같은 희생을 보상하듯 더욱 활기차다.

> 그녀는 빅토리아 스트리트를 건너며 생각했다. 왜 그렇게 삶을 사랑하는지, 어떻게 삶을 그렇게 보는지, 삶을 꿈꾸고 자기 둘레에 쌓아 올렸다가는 뒤엎어 버리고 매 순간 새로 창조하는지, 하늘이나 아실 일이다. 더없이 누추한 여인들, 남의 집 문간에 앉아 있는, 비참하기 짝이 없는 이들도 (자신의 몰락을 마시는 거지) 마찬가지야. 저 사람들도 인생을 사랑하거든. …… 사람들의 눈 속에, 경쾌한, 묵직한, 터벅대는 발걸음 속에, 아우성과 소란 속에, 마차, 자동차, 버스, 짐차, 지척거리며 돌아다니는 샌드위치맨, 관악대, 손풍금 속에, 승리의 함성과 찌르릉 소리, 머리 위를 날아가는 비행기의 묘하게 높은 여음 속에, 들어 있었다. 그녀가 사랑하는 것이, 삶이, 런던이, 유월의 이 순간이. (『댈러웨이 부인』, 9쪽)

그러나 그것은 표상을 비쳐줄 뿐이다. 시간적으로 전쟁은 종식되었지만, 개인에게는 이런저런 식으로 아직 현재형이었다. 폭스크로프트 부인은 아들을 전쟁에서 잃어 오래된 장원 저택을 사촌에게 넘겨야 했고, 레이디 벡스버러도 아들을 전쟁으로 잃었다. 이블린 휘트브레드는 요양소에 있다. 그리고 셉티머스처럼 평화로운 런던 공원에서도 전쟁을 온몸으로 고스란히 느끼는 사람도 있다.

클라리사의 내면에는 그녀의 과거와 현재가 물결치듯 흘러간다. 그녀는 과거에 클라리사로 불렸다. 이제 더는 클라리사가 아니라 미세스 댈러웨이, 리처드 댈러웨이의 부인이다. 그녀는 본드 스트리트 쪽으로 걸어가면서 생각한다. 사물들이 밀려오고 밀려가는 흐름 속에 그녀가 여전히 살아 있고, 피터도 살아 있으며, 서로의 속에 살아 있었다. 나이를 먹었고 어쩔 수 없이 죽어야 하겠지만, 안개처럼 그녀의 삶은, 그녀 자신은 끝없이 멀리 퍼져 나가는 것 같았다. 그녀는 서점 앞에서 진열창을 들여다보고 펼쳐진 책에 쓰인 말을 읽는다. "더는 두려워 말라, 태양의 열기를 사나운 겨울의 횡포를." 그러나 옷을 잘 입고 가꾸었음에도 늙어가는 그녀의 몸과 모든 기능은 이제 아무것도 아니라는 생각에 이른다. 더는 결혼을 할 것도 아니고, 아이를 낳을 것도 아니고, 단지 사람들과 더불어 본드 스트리트를 걸어 다니는, 인파의 행진에 동참하고 있을 뿐이다. 클라리사를 수식하는 것들과 조지의 변장은 현실의 우리에게도 기대되고 요구되는 모습이다. 기억에 의해서 이미지를 통해서 우리의 현재는 흘러간다. 그런 점에서 기억은 과거가 아닌 바로 현재의 모습이다.

헤어진 지가 수백 년은 된 것 같았다, 그녀와 피터는. 그녀는 편지를 쓰지 않았고, 그의 편지는 무미건조했다. 그러나 문득 이런 생각이 들곤 했다. 지금 나와 함께 있다면, 그는 무슨 말을 할까? 어떤 날들, 어떤 광경들은 그를 떠올리게 했다. 담담하게, 해묵은 쓰라림 없이. 어쩌면 그런 쓰라림은 사람들을 사랑한 대가이겠지만. 어느 날 아침 그들은 세인트제임스 파크 한복판으로 되돌아온다. 정말로 돌아온다. 그러나 피터는—날씨가, 나무와 풀밭이, 분홍 옷을 입은 어린 소녀가, 아무리 아름다워도—피터는 그런 것을 하나도 보지 못한다. 그녀가 그렇게 말하면 그는 그제야 안경을 꺼내 쓰고서 바라볼 것이다. 그가 관심을 갖는 것은 이 세상일들이었다. 바그너, 포프의 시, 허구한 날 사람들의 성격, 그리고 그녀 자신의 영혼의 결함 같은 것들. 그는 얼마나 그녀를 비난했던가! 그들은 서로 얼마나 다투었던가! (버지니아 울프, 『댈러웨이 부인』, 13쪽)

현재를 완성하는 기억

어떤 날들, 어떤 광경들은 누군가를 떠올리게 할 때가 있다. 그러나 정작 기억 속의 그 사람과 만나게 된다면 모든 감정은 잠시 머물다 날아가 버릴 것이다.

> 그녀는 피터 월시를 바라보았다. 그녀의 눈길은 그 모든 시간과 그 모든 감정을 뚫고 지나 머뭇거리듯 그에게 이르렀고 눈물에 젖어 잠시 그에게 머물렀으나, 일어나 날아가 버렸다. 마치 새가 나뭇가지를 건드리고는 다시금 일어나 날아가 버리듯이. 그녀는 스스럼없이 그냥 눈물을 닦았다. (『댈러웨이 부인』, 60쪽)

우리가 무언가에 감동받는 다수의 경우는 과거의 어떤 기억과 맞닿을 때다. 비슷한 경험이나, 혹은 과거를 해석해 주는 문장이나, 음식에 대한 냄새가 떠오를 때 말이다. 댈러웨이 부인은 클라리사로서의 선택에 후회하는 것인가? 피터를 선택하지 않고 리처드를 선택한 그 결정사항에는 무엇이 드리운 것일까? 그것을 알아내기 위해 책을 분주하게 넘긴다면 결코 알 수 없을 것이다.

앞에서 롤랑 바르트를 인용했듯이 삼켜 버리거나, 게걸스럽게 먹어 대서는 안 된다. 여유 있게 풀을 뜯듯이, 빈틈없이 이곳저곳을 방황해야만 그녀의 생각을 알아낼 수 있다. 롤랑 바르트가 이 이야기를 할 때 전제한 것은 현대소설에 관한 것이었다. 현대소설의 특징은 고대 서사시인 『베오울프』나 중세의 『아더왕 이야기』처럼 사건 중심적이지 않다. 모더니즘에서 유래한 소설들은 사소한 것들, 순식간에 지나가 버리는 것을 포착한다. 그것은 우리가 현실에서 끼어드는 순식간의 시간을 재배치하는 방식을 사용한다. 따라서 실제로 머릿속을 순식간에 지나가는 생각이나 착시처럼 느껴지는 기억의 시간이 독서의 시간과 일치할 수 없다. 그것은 때로 아주 길어진다. 작가는 인내심을 가지고 그러한 순간들을 언어화한 것이다. 따라서 지루해 몸을 비틀게 되더라도 작가의 호흡처럼 인내심을 가지고 한 줄 한 줄을 읽어야 한다. 클라리사는 피터를 의식했다. 결혼 전에도, 그리고 지금 댈러웨이 부인이 돼서도 의식한다. 피터는 클라리사가 사랑한 생명력 넘치는 젊은 날의 날씨와 나무와 풀밭과 함께 있었다. 피터와는 모든 것이 공유되어야 했고 모든 것이 설명되어야만 했다. 그들이 절교하지 않았다면 둘 다 파멸해 버렸을 것이라고 클라리사는 생각한다. 남편인 리처드와는 약간의 방임, 약간의 독립성이 허용되고 있다.

누구보다 과거의 현재에 놓인 인물은 아마데우의 누이인 아드리아나이다. 그녀는 오빠의 죽음을 인정하기 싫어 오빠가 살아 있을 때의 모든 사물들을 박제하여 현재에 장식해 두고 있다. 그녀는 아마데우의 흔적을 밟아온 그레고리우스를 위해 오빠의 서재와 병원을 보여 준다. 그녀는 몽유병 환자처럼 움직이면서 마치 오빠가 있는 듯 아래층 병원에서 모든 것을 현재로 읽어나간다.

그녀는 약품장을 닫은 다음 진찰대의 종이를 손으로 쓸어보고 발끝으로 저울도 똑바로 놓고 세면대가 깨끗한지 살피고는 진료카드가 놓인 책상 앞에 섰다. 비스듬하게 세워진 카드를 만지거나 읽지도 않은 채 그녀는 환자에 대해 이야기하기 시작했다.

"왜 그 돌팔이 의사에게 간 거지? 낙태를 자주 하는 그 여자에게. 그래, 그럴 수도 있지. 내가 얼마나 끔찍한 경험을 했는지 이 여자는 몰랐을 테니까. 하지만 그런 경우 오빠에게 와야 한다는 건 누구나 알고 있는데……. 여자들이 위급한 상황에 있으면 오빠는 법 같은 건 완전히 무시하니까. 오빠가 말했지. '이텔비나가 아이를 또 낳다니, 그건 안 돼. 그녀가 종합병원에서 계속 치료를 받아야 할지 어쩔지 다음 주에는 결정해야 해'라고 말이야." (『리스본행 야간열차』, 233쪽)

이렇게 중얼거리면서 아드리아나는 병원에서 훨씬 깊이 과거에 빠져들었다. 위층 서재의 과거는 그녀가 외부에서만 동행할 수 있는 과거였다. 오빠가 담배를 피우거나 커피를 마시면서 손에 만년필을 들고 책상 앞에 앉아 있는 동안 그녀는 아무런 개입도 할 수 없었던 것이다. 그러나 병원에서는 오빠가 말하는 것은 무엇이든 들을 수 있었고, 그와 환자에 대해 이야기를 나누었으며, 그를 도와주었다. 이곳은 오랜 세월 그녀 인생의 중심지였던 것이다. 가장 생기 넘치는 현재가 있던 장소였기에 노년이었음에도 불구하고 그 순간 그녀는 젊고 아름다워 보였다. 그녀가 영원히 떠나고 싶지 않은 현재였던 것이다. 그녀는 그 과거의 현재에 심취해 있었던 것이 분명하다. 그녀는 다시금 차갑고 외로운 지금의 현재로 돌아와야 했다. 그레고리우스는 그녀가 영원히 떠나고 싶어 하지 않는 과거의 현재를 지연시켜 주고 싶었다. 그래서 그가 알고 있는 아마데우의 과거 중 하나에 대해 물었다. 이렇게 해서 아드리아나의 과거는 현재로 보존되고 그레고리우스는 프라두의 또 하나의 이야기를 그녀로부터 듣게 된다.

개인마다 자신의 서사를 가지고 있게 마련이다. 물론 감추고 싶어 하는 사람도 있지만 그것은 적당한 대화상대를 만나지 못했을 때이다. 단지 호기심을 채우기 위한 사람의 질문에는 말을 피하는 것이 상책이라고 생각하기 때문이다. 그러나 진심으로 귀를 기울이는 사람이 있다면 그는 의혹의 시선을 거두고 흔쾌히 자신의 과거를 이야기할 것이다. 오빠의 죽음 이후 침체된 아드리아나의 삶은 빗장을 채우고 있었지만, 그레고리우스라는 사람이 보여 주는 아마데우에 대한 깊은 관심에 그 빗장은 조금씩 열린다. 드디어 그레고리우스는 과거의 시간에 정지되어 있던 시계의 추 상자를 열고 추를 움직여 아드리아나를 현재의 시간으로 데려온다.

삭제된 얼굴

사물을 바라볼 때 우리는 사물을 그대로 지각하는 것이 아니라 우리 내부에 흡수된 세계와 결합된 것과 재구성된 것, 경험된 것을 본다. 에드거 앨런 포의 단편소설 「타원형 초상화」의 초상화 속 여인은 아내를 그리면서 궁극에는 아내를 보지 않고 작업 중이던 그림에만 몰두하여 그린 화가의 그림과 그림 자체에 대해서는 어떠한 묘사도 하지 않는 남성 화자를 통해 본래의 모습이 제거된다. '볼 수 없는' 것에 대한 '볼 수 있음'을 유도하는 이 짧은 소설은 한 여인에 대한 그림을 소재로 하고 있다. 『캔터베리 이야기』에서 방앗간 주인이 묘사하는 목수의 아내와 전혀 다른 방식으로, 초상화에 대한 묘사는 없다. 서술은 기껏해야 "이제 막 성숙한 티가 나기 시작한 어린 처녀의 초상화"로, "그 초상화의 마력은 거기 그려진 표정의 절대적인 사실성에 있었다" 정도이다.

화가가 그의 아내를 생명 없는 모델로 그리고, 화가가 그린 그림을 화자가 문자로 번역하는 과정에서 여인의 원본은 두 번씩 제거된다. 소설에서는 '화가' 대(對) '그의 어린 아내', '어린 아내' 대 '그녀를 닮은 그림', '불빛 속에 드러난 여인의 초상화' 대 '부상당한 화자', '화가와 그의 아내의 일화가 적힌 그림해설서' 대 '화자가 그림 자체의 설명을 생략한 이야기'가 대비를 이루며 삶과 예술, 보는 사람과 보여지는 사람의 대립, 번역자와 텍스트, 혹은 텍스트와 번역 사이의 관계를 드러낸다. 이러한 여러 대립적 구도는 본래의 여성을 삭제하고 새로운 시각적 형상을 만들어 낸다.

화가는 그의 아내를 생명이 없는 모델로 변형시킨다. 완벽한 초상화를 그리겠다는 그의 강박증은 아내가 아니라 그림 자체에 집중하도록 하였으며, 결국에는 아내가 죽어 간다는 사실도 알아차리지 못하는 결과를 초래하여 '창조'와 '파괴'라는 대립적이지만 상호간에 뗄 수 없는 관계가 성립되고 있음을 보여 준다. 완벽한 초상화는 죽은 모델 대신, 혹은 죽은 모델 속에서 생명력을 취하고 있다. 예술적 재현을 위해 화가가 아내에게 가한 폭력은 화자의 언어에서도 드러난다. 화자는 화가가 그린 그림을 보고 '본다'는 문제를 언어로 번역해 낸다. 그것은 친절한 묘사가 아니라 황급히 눈을 감게 만드는 그림이다. 그 이후 그림을 다시금 바라보았을 때에도 화자의 설명은 고풍스러운 액자의 스타일이라든가 작품의 가치에 치중되어 있지, 초상화 속 여인에 대해서는 거의 아무 말도 하지 않는다. '표정의 절대적인 사실성' 때문에 초상화가 진짜인 줄 알고 놀랐고, 끝내는 그 그림에 압도당해 혼란스럽고 오싹한 느낌까지 들었다는 이야기뿐이다. '너무나 진짜 같다는 것', 그래서 그림에 압도당해 '혼란스럽고 오싹한 느낌까지 들었다'는 것이다. 여인만의 아름다움이든 독특함이든 그 어떤 것도 제대로 제시되어 있지 않은 이러한 묘사는 텅 빈 표현이다. 결과적으로 원본으로부터 두 번 제거된 텍스트를 지나오면서 여인은 변형된다. 다시 말해, 어린 신부의 모습을 화가가 그림으로 재현했고, 그림은 화자에 의해 묘사되었고, 신부와 화가의 일화에 대한 해설서가 화자에 의해 읽히면서, 여인에 대한 이 소설은 '대체'로만 이루어지고 있다. 화가가 아내를 생명 없는 모델로 변형시키면서 삶에서 죽음으로, 죽음에서 또 다른 삶으로의 변형 알레고리를 보여 준다고 할 수 있다.

모델과 화가 사이의 복잡한 관계는 텍스트 원본과 변형 복사본의 관계에서 설정된다. 즉 화가는 눈앞에서 아내가 죽어 가는 것을 보지 못하면서 아내를 그리는 데 몰두한다. 그의 이러한 방식은 과학적인 관찰을 제공하는 것이 아니라 미적 기쁨을 재창조한 것으로 보인다. 따라서 이 소설은 전혀 여성에 대한 것이 아닐 수도 있다. 이렇게 볼 때 회화에 고유한 알파벳 문자를 대치하면서 구상적인 형태들은 기호에 의해 표현되고, 그림을 직접 보지 못하는 독자는 화자의 설명과 그림의 간격 사이에서 '보는 것'에 대한 언어의 우위를 경험하는 것이다. 그렇게 언어가 그림에 폭력을 가하는 동안 독자가 보는 것과 언어 사이의 간격은 불완전하게 메꿔진다.

「타원형 초상화」는 원래 「죽음 속의 삶」이라는 제목으로 먼저 발표된 작품에서 부상을 입고 고통을 잊기 위해 아편을 복용한 부분을 삭제하고 개정한 것이다. 그러나 아편 복용만 하지 않았을 뿐, 화자가 부상당하여 약을 복용한 후 약기운 때문에 일시적인 환각 상태에 있었다는 것은 그가 신뢰할 수 없는 화자임을 보여 준다. 화자는 모호하고도 특이한 어휘들을 사용해 그림에 대해 서술한다. 화자는 베개 머리맡에서 발견한, 그림들에 관한 작은 책을 읽다가 문득 촛대의 위치가 마음에 들지 않아 손을 뻗어 촛불이 책 위로 더 잘 비치도록 놓는다. 바로 그때 '예상치 않은' 결과가 일어난다. 초의 불빛이 깊은 어둠 속에서 있던 침대 기둥 옆의 움푹 들어간 곳으로 떨어져 내리면서 그 때까지 볼 수 없었던 그림 한 점을 비추게 된다. 이 순간 (약에 취한) 화자의 환상 혹은 환각이 시작된다.

> 나는 한참 이 그림을 바라본 뒤 서둘러 눈을 감았다. 왜 그랬는지 처음에는 나 자신이 생각해도 알 수 없었다. 그러나 눈을 감고 있는 동안, 그렇게 급히 눈감았던 이유가 불현듯 머릿속에 떠올랐다. 그것은 생각할 시간을 벌기 위해, 내가 본 것이 정말인지 확신하기 위해, 내 상상을 억누르고 진정시켜 좀 더 냉정하고 확실하게 그림을 보기 위한 순간적인 행동이었다. 잠시 후 나는 다시 그림에 시선을 고정시켰다.
>
> 지금 내가 똑바로 보고 있다는 사실을 나는 의심할 수 없었고 의심하려 하지도 않았다. 촛불 빛이 그 화폭 위에 처음 던져진 순간, 그

림은 내 감각에 스며든 꿈꾸는 듯한 황홀감을 날려버리는 것 같았고, 내 삶을 일깨우는 듯한 놀라움을 전해왔다. (에드거 앨런 포, 「타원형 초상화」, 『우울과 몽상』, 92쪽)

이 익명의 화자는 자신을 사로잡은 마술적인 매력을 가진 초상화가 그림을 넣어 둔 틀이 아니었다면 살아 있는 사람으로 착각했었을 것이라고 강조한다. 그러나 여인에 대해서는 '아름답다'는 것에 대한 스테레오타입을 반복할 뿐, 깊이와 그럴듯함을 더해주는 밀도는 무시하고 있다. 이는 「타원형 초상화」의 화자가 추상적이기 때문이다.

앞에서 언급한 『캔터베리 이야기』에서 방앗간 주인이 목수의 아내에 대한 묘사하는 부분을 잠시 보자.

목수의 아내는 젊고 아름다웠으며, 족제비처럼 나긋나긋하고 날씬했소. 눈썹은 검고 가느다란 활을 두 개 그려놓은 것 같고, 그 아래에는 음탕하기 그지없는 두 눈이 반짝였지. 그녀의 자태는 꽃이 핀 배나무보다 곱고 양털보다도 부드러웠소. 이 세상을 아무리 뒤져보아도 이처럼 예쁘고 멋진 여자는 찾아볼 수 없을 것이오. 그녀의 피부는 조폐창에서 방금 찍어 낸 금화보다 더 반짝였으며, 노랫소리도 광 위에 앉은 제비처럼 명랑하고 맑았소. 입은 꿀이나 당밀(糖蜜)을 바른 사과처럼 달콤하고, 키는 돛대처럼 후리후리하게 크며 몸은 화살처럼 꼿꼿했소. 그녀는 정말 그 누구와도 견줄 수 없을 정도로 일품이었지. (『캔터베리 이야기』, 74쪽)

방앗간 주인의 묘사에는 생략이 없다. 셰익스피어가 『햄릿』에서 보여 주는 거트루드 왕비의 오필리어 묘사와 유사한 듯하다. 오필리어가 죽는 순간을 유일하게 목격한 거트루드 왕비는 오필리어가 꽃을 꺾어 화환을 만들고, 물가를 헤매다 개울에 떨어져 죽기까지의 모습을 마치 그림을 묘사하듯이 언어로 전달해 준다. 이는 에크프라시스(ekphrasis)의 문학적 적용이다. 에크프라시스는 사물에 대한 명확한 설명이나 해설을 뜻했지만 문학에서 인물재현을 확장하기 위한 어휘로 독자에게 그림과 같은 묘사의 효과를 실현했다. 이것은 예술적 재현으로 생명을 얻은 '번역의 은유'로 읽힐 수 있다.

포의 기법 또한 에크프라시스 같지만, 화자는 그림과 같은 언어로 초상화 속 여인을 묘사해 내고 있지는 않다. 소설의 제목이 분명 시각적 재현을 재표상하는 에크프라시스를 기대하게 만들지만, 그 과정은 친절하지도 않으며 보는 것과 같은 세밀한 묘사는 오히려 빠져 있다. 포가 에크프라시스를 사용한 방식은 화자가 말을 한 것뿐만 아니라 빠뜨린 것까지 해석을 끌어내게끔 만든다. 병을 앓고 있는 화자는 뒤로 물러나 무어족 특유의 모레스크 스타일의 독특하게 디자인된 그림틀에 감동하였다고 말한다. 그림틀에 감동하였다는 서술은 화자가 말한 대로 '방해' 요소임을 극대화시키면서 그림 자체로부터, 그리고 그림 속 여인으로부터 독자의 관심을 앗아간다. 대신 예술가의 창작과정에 귀 기울이게 만든다. 즉, 화자는 자신의 관찰을 통해 삶에서 죽음, 죽음에서 삶으로 변형되는 예술의 과정을 그려낸다.

마침내 그림 속 여인이 바로 그림을 그린 화가의 어린 아내였으며, 그녀가 '보기 드문 미모의 소녀로 사랑스럽고 환희에 차 있는데, 화가와 사랑에 빠져 결혼한 것이 재앙'이었다는 것이 그림해설서를 통해 확인된다. 그러나 '열정적이고 엄격한' 화가에게 신부는 실제의 신부가 아닌, 바로 화가 자신의 작품 속에 들어 있는 신부라는 글로부터 그림해설서 속의 화자 심정이 개입된다. '팔레트와 붓과 미술도구를 두려워했다', '자신을 그리기 원한다는 화가의 말은 아내에게는 끔찍한 일이 되었다'라는 사실적 문장은 일부 한국어 번역서에서 "두려워했을 것이다"와 "끔찍한 일이 되었을 것이다"로 추측 문장이 사용되었다. '두려움'이나 '끔찍함'과 같은 감정을 단정적인 말투로 사용한다는 것이 부적절해 보일 수도 있다. 반면에 행위에 대해서는 "그녀는 겸손하고 순종적이었다. 그녀는 어둡고 높은 탑 방에 몇 주 동안이나 유순하게 앉아 있었다"와 같은 영어 표현 그대로 번역되었다. 마치 그림해설서의 화자가 화가와 어린 신부만이 차지했을 공간을 넘겨다본 듯하다. 이렇게 해서 그림 속의 신부는 새로운 옷을 입는다. 그림으로 현전하되 신부 자신은 사라지고, 목소리는 상실된 채 대체되는 것이다. 그리고 절정을 이루는 그림 완성과 동시에 결말이 이어진다.

화가는 자신이 그린 작품 앞에 무아지경으로 서 있었다. 다음 순간 그는 대경실색하여 "이건 정말 생명 그 자체야!"라고 커다란 목소리로 외친다. 그리고 급작스럽게 아내를 넘겨다본다.

그녀는 죽어 있다. 초상화가 실물과 꼭 닮은 것이 화가의 실력뿐 아니라 '그가 그리도 탁월하게 묘사한 그녀에 대한 그의 깊은 사랑을 보여 주는 증거'라는 확신적 서술은 독자로 하여금 낭만적인 상상을 보충하게 만든다. '겸손하고 순종적'이었기 때문에 '열정적이지만 몽상에 사로잡혀' 그림에만 모든 신경을 쏟는 남편을 위해 자신이 죽어 가고 있다는 사실도 방관하고, 아내는 여전히 '미소를 지었다'는 상상은 예술에 취해 있는 남편을 '미친' 존재로, 그리고 아내를 '어린' 존재로 강조하면서 '유순'했기 때문에 남편의 행동을 참아내는 양처로만 여기고 있다. 따라서 주체가 아닌 자아가 없고 수동적인 대상으로만 그려지는 전형적인 여성상을 재현하는 듯하다.

이미지의 진실

에크프라시스에 의한 시각적 알레고리는 인물의 재현을 확장하기 위한 것이므로, 주체가 사라진 상황에서 그 부재한 사람에 대한 명확한 그림은 그 주체와는 동떨어질 수밖에 없다. 화자가 그림해설을 '사실' 또는 '진실'로 내세우는 배경에는 약기운을 빌리지만 남성지배적인 문화의 언어가 어떻게 여성 타자에 대한 억압을 조장하는지 잘 보여 주고 있다. 이미 화가는 아내에게 범죄를 저질렀다. 침묵과 인내를 요구하면서 여러 날을 의자에 앉혀 예술에서의 상상된 몸을 위해 물질적인 아내의 몸에 폭력을 가한 것이다. 그림에만 시선을 고정하느라 모델인 아내를 더 이상 보지도 않는 화가뿐만 아니라, 그 상황에 동조하고 미소를 지으며 침대로 돌아가는 화자는 예술 창조에 대한 기쁨에만 관심을 쏟을 뿐이다. 이런 화자가 그림에 대해 언어 재현을 통해 보여 주는 것은 구체적인 모델 대상이 아니라 극대화된 예술 창조 그 자체인 것이다. 미적 기준은 그림해설서의 화자를 통해 알 수 있다. 해설서의 목소리는 화가의 아내가 당대 여성에게 요구되었던 도덕관, 즉 남편에게 순종하는 면모를 이상적으로 실천했다는 것을 강조해 보여 준다. 시각의 관점에서 보자면, 바라보는 주체와 대상 사이는 시야를 가로막는 아무런 매개도 없이 투명해야 하는데, 실제 시각의 장은 불투명한 공간이다. 그렇기 때문에 바라보는 주체의 이해관계와 관점, 태도가 사물을 대하는 시선에 배어들게 된다.

독자는 화자가 초상화에 강력한 인상을 받았다는 사실만 알고 있다. 에크프라시스를 통해 구현된 여인의 이미지는 아무것도 말해주지 않지만, 그렇기 때문에 개별 독자가 그녀의 아름다움을 극대화시킬 수 있다. 시각적 재현은 그림을 본 화자의 경험에 기초해 상상된다. 그리고 그림을 보지 않은 독자는 본다고 상상하면서 화자의 감정을 이해하고, 다른 시각예술작품에서 경험한 상상력으로 소설의 초상화 속 여인을 그리게 된다. '아름다운' 여인이 친절하게 묘사되지 않은 그 빈 공간은 독자에 의해 채워진다. 다시 말해 독자가 소설 텍스트를 읽는 행동을 통해 신빙성 없는 화자의 꾐에 빠지는 수동성뿐만 아니라 독자 자신의 경험이라고 하는 능동성이 결합되는 것이다. 여기에는 이미 시각적 미(美)뿐만 아니라 남편에게 복종하는 아내의 이상적 품성이 통합적으로 미화된다. 이 모든 것이 당사자인 아내를 삭제하고 전혀 다른 여인을 탄생시키는 것이다. '보기 드문 미모'와 '사랑스러울 뿐 아니라 환희에 찬' 어린 신부는 의심할 여지없이 독자가 경험한 비교우위에 따라, 또는 환상에 따라 미인의 위상을 갖는다. 서술담론에 의해서만 드러나는 그림은 화자가 극대화한 미에 따라 의심할 나위 없이 독자에게도 극대화된다.

밀란 쿤데라의 「누구도 웃지 않으리」에서 자투레츠키 씨도 그러한 경우다. 그는 자신의 논문 평을 써달라고 화자를 찾아갔다가 그의 집에서 화자의 트렌치코트를 걸친 알몸의 클라라를 본다. 그가 그녀를 찾기 위해 공장 작업장에서서 여직공들을 얼굴 하나하나를 살펴볼 때 공장장은 "그 여자가 어떻게 생겼는데요?"라고 묻는다. 자투레츠키 씨는 "그 여자는 아름답고…… 몹시 아름답고……"라고 답했다. 공장장은 아름답다고 하는 것은 아무것도 알려주는 게 없다며 "예쁜 여자들은 많아요! 키가 컸나요, 작았나요?"라고 묻는다. 자투레츠키 씨는 컸다고 답했고, 공장장은 다시 "갈색 머리였나요 금발이었나요?"라고 묻는다. 자투레츠키 씨는 "금발이었어요"라고 답했다. 자투레츠키 씨가 화자의 집에서 클라라를 봤던 날 그는 클라라의 미모에 눈이 부셔 놀랐다. 직사광선에 눈이 부셔 똑바로 응시하지 못해 눈을 가려야 하는 것과 마찬가지로 클라라의 아름다움은 그로 하여금 그녀를 똑바로 쳐다보지 못하게 한 것이다. 마치 빛의 스크린에 가로막혀 있듯 자투레츠키 씨는 그의 눈을 가리고 있었다. 오직 그녀가 아름다웠다는 인상만 남아 있을 뿐 개별적 특징 같은 것은 하나도 기억할 수 없었다. 클라라는 키가 크지도 않았고 금발도 아니었다. 아름다움 속에 깃든 위대함이 자투레츠키 씨의 두 눈에 그녀를 신체적으로 커 보이게 해줬던 것이다. 그리고 아름다움으로부터 퍼져 나오는 빛이 그녀의 머리를 황금빛으로 보이게 했다. 결국 자투레츠키 씨는 밤색 작업복 차림의 클라라를 알아보지 못했다. 이처럼 본다는 것은 솔직하지 못하고, 기억 또한 신뢰할 만한 것이 아니다. 그가 받은 충격, 느낌들, 그 이후의 환상은 '본다'는 층위를 허구의 것으로 만들어 놓을 뿐이다.

「타원형 초상화」로 다시 돌아와서 화자는 여인을 언어로 재현한 그림 속으로 독자를 데려간다. 그림에 충격을 받았다는 화자의 첫 반응은 '매혹되었다'는 것이다. 블랑쇼가 이야기했듯이 매혹되었다면 "그는 어떤 실제적 대상도, 어떤 실제적 형상도 알아볼 수 없다고 말할 수 있다"(『문학의 공간』, 32쪽). 그가 바라보는 것은 이미지 뒤에 존재하는 무한의 깊이를 가진 것으로, 현실의 세계가 아니라 매혹의 결정되지 않은 상태에 속해 있기 때문이다. 심지어 의미로부터도 멀어져 그림 대상은 이미지 속으로 잠겨 버린다. 화자는 이 대상을 보는 것에서 끝내지 않고 그 속으로 잠겨든다. 독자는 '충격'이라는 어휘만으로도 예술의 훌륭함, 혹은 그림 속의 여인의 미를 극대화할 수 있다. 상상할 수 없는 범주는 상상이 불가능하기 때문에 오히려 경험을 폭발시키고 형상화되지 않는 그 자체로 극대화될 수 있는 것이다. 먼저, 화자가 호소하는 텍스트의 구조에 독자가 감정 이입이 되어야 소통이 가능하다. 이를 위해서는 자발적인 독서가 필요하다. 다시 말해, 그림에 대한 화자의 재형상화 능력을 독자가 내재적으로 구성해 내는 관계가 형성될 때 가능하다. 그러나 부상으로 몽롱한 상태에서 자신의 감정을 부각시킨 화자 또한 '진정한 비밀을 만족스럽게 알아낸 뒤 침대 속으로 들어갔다'는 묘사에서 초상화에 대한 충격적인 반응조차 화자가 부상당한 몸을 회복하는 시간 동안 기분을 전환시켜 주는 정도 이상은 아니었음을 알 수 있다.

현대에 와서 이 소설은 인터넷에 올라온 여러 버전의 동영상 재현으로도 볼 수 있는데, 배경이 흐릿하게 그려져 그림과 액자 사이가 불분명한 비네트식 상반신 초상화는 주로 그로테스크하게 형상화된다.

포의 이야기에서 액자에 담긴 머리와 어깨의 여인은 초자연적인 유령을 불러일으킬 법한 것이다. 이것은 언어가 불러일으킬 수 있는 상상된 미와는 차원이 다르다. 뛰어난 예술은 현실을 훔치는 것이 아니다. 화자의 서술에서 생명 그 자체가 된 그림은 예술적 창조의 뛰어난 예술성이 아니라 리얼리티의 자리를 대체하기 때문에 매끈함 속에서 섬뜩한 질감을 갖는다. 이와 같은 질감은 독서에서 상상 가능한 아름다움이 육체에 담긴 눈과 만나는 지점에서 허구를 찢어내고 현실로 둔갑한다. 그것은 돌발적이고 위협적이다. 소설에서 남성화자가 그림을 보자마자 서둘러 눈을 감은 것도 그러한 이유에서다. 그림이 무언가 흔치 않고 충격적인 요소가 있을 때 방어적인 반응을 유발하기 때문이다. 눈을 다시 떠 좀 더 가까이에서 보자, 그림은 깊은 동요를 일으키면서 낯설고 불가해한 현실로 다가온다. 이러한 설명은 이미지만 난무하게 할 뿐 현실적인 비주얼을 생산하지는 못한다.

독자는 소녀티를 벗지 않은 아름다운 여인을 상상할 것 같지만 영상화할 경우 아름다움보다 그림에 대한 화가의 해설인 '생명 그 자체', 즉 빈 성에 남겨진 차가운 그림 속에서 살아나오는 여인을 재현해야 할 것이다. 화가는 아내를 먹이로 삼고 서서히 죽이는 흡혈귀와 같다. 그림이 죽은 아내를 대신해서 생명 자체가 되었다. 비뚤어진 예술적 완벽의 추구를 위해 화가는 아내를 기꺼이 희생시킨 것이다. 여인은 반항하거나 거부하지 않고 오로지 겸손하고, 순종적으로 오랜 기간 한곳에 앉아 있었다. 미소 짓고 있으면서 불평하지 않았다. 이처럼 포가 「죽음 속의 삶」을 수정한 「타원형 초상화」는 행위보다 묘사를 우위에 둔다고 비난 받았지만, 예술가적 창작의 과정을 그려냈다.

여기에서 여성 대상은 부차적인 역할로 격하되고 말았지만 말이다.

그림 속의 여성은 외양적으로도 언어에 의한 이미지를 구축하고 있다. 말과 이미지는 재현, 제시, 상징에 대한 인간 경험을 기본적으로 나누어 명명한 것으로, 볼 수 있는 것과 말할 수 있는 것, 전시와 담론, 보여 주기와 말하기, 이 양자 간의 관계를 이런 식으로 나눌 수 있다. 말과 이미지는 문제와 문제적인 것―'보이는 것'에 관한 관습들과 '언어적인 것'에 관한 관습들 사이에 존재하는 불규칙적이고 이질적이고 때로는 임시변통으로 만들어진 경계를 묘사하기 위해 붙여진 이름이다. 우리는 말을 볼 수도 있고 이미지를 들을 수도 있다. 말과 이미지의 차이점은 시각적인 경험과 청각적인 경험에서 생겨나는 차이의 범위를 벗어나는 것이다. 말과 이미지는 하나의 개념 수준에서 또 다른 것으로 옮겨 가고 변화하며 두 개의 대립된 개념으로 안정되기를 거부하기 때문에 변증법적인 수사어구이고, 그것은 모순과 일치, 차이점과 공통점이라는 관계 사이에 정착해 있다.

이 때문에 타자라는 관찰 대상, 특히 시선의 대결 아래 놓인 인간관계가 아닌 비정상적인 위치에 있는 인물들일 경우, 화자의 절대적인 내러티브에 의존할 수밖에 없다. 화자에 의해 목소리를 대신 이어갈 수밖에 없는 초상화 속의 여인의 침묵이나 버사*의 광기에 찬 행동이나 중얼거림도, 그리고 루시**의 병적 헛소리들은 화자에 의해

---

* 샬럿 브론테의 『제인 에어』에 나오는 로체스터 백작의 아내. 광기 때문에 백작의 집 다락방에 갇혀 있다.

** 브램 스토커의 『드라큘라』의 여주인공. 하루에 세 번의 청혼을 받을 정도로 예쁘고 사랑스러운 여자였으나, 드라큘라에게 흡혈을 당한 후 앓아눕는다.

무시되고 사라진다. 화자는 이들의 말을 광기와 질병으로 일축하고 자신의 언어로 전체와 일체로 포섭하려 하지만, 그의 말 또한 의미 형성에 불확정성이 과장되어 있기 때문에 사라진 사람의 목소리를 제대로 짚어내지 못한다. 더없이 위험하고 발칙한 그녀들의 언어가 삭제되면서 진실의 장소가 되었던 그녀들의 육체는 증거 인멸되고 마는 것이다. 어찌 보면, 말(시각)의 기호가 본래부터 가지고 있는 불안정성이 실제 고통을 볼 수 있게끔 설득할 수도 있지만 이를 감추기도 한다. 나는 앞에서 화자가 호소하는 텍스트의 구조에 독자가 감정 이입이 되어야 소통이 가능하다고 했다. 그러나 화자가 독자에게 모든 것을 솔직하게 털어놓는 것은 아니다. 독자를 기만하거나 거짓말을 하는 경우도 있다. 이런 신뢰할 수 없는 화자에 의해 읽고/보는 독자들은 원본이 아닌 것을 접하기도 한다. 따라서 화자 개입의 언어에 맺히는 문화·사회적 지점의 절충, 즉 여러 겹의 왜곡에 싸이게 되는 것이다.

내용 없는 편지

결국 독자는 여인의 참모습을 알아내지는 못한다. 루드빅의 농담이 참농담인지 알 수 없듯이 참이라는 것은 그 순간을 잠시 빛낼 뿐이다. 그것에 대해 참인지 거짓인지 의심하는 순간 그 빛은 사라지고 만다. 묻어두는 미덕이 없다면 읽던 책을 던져 버리고 말 것이다. 「타원형 초상화」가 '그림'에 대해 이야기하면서도 정작 그림 자체의 묘사를 빠뜨린 데 반해, 「도둑맞은 편지」는 '편지'의 내용이라고 하는 본질을 후경으로 미루고 편지의 여행에만 초점을 두는 소설이다. 「타원형 초상화」에 대해 그림의 세세한 묘사 대신 '아름답다'는 화자의 말에 경도된 독자 각자 아름다운 여인을 상상했다면, 「도둑맞은 편지」에 대해서는 탐정 뒤팽이 맡은 사건에 가담하여 탐정놀이에 빠져들어 편지의 내용 같은 것은 잊어버리고 말았을 것이다. 소설은 그저 편지가 정치적으로 이용당할 수 있을 만큼 왕실에 치명적일 수 있다는 정도만 알려준다. 편지의 핵심인 내용이 간과되는 것과 달리 소설의 시작은 꽤나 상세한 묘사로 시작된다. 가을이며 파리 교외 포부르 생제르맹 구역의 뒤노 거리 33호 4층 C. 오거스트 뒤팽의 서재라는 점이 사실처럼 제시되고 있다. 뒤팽과 화자가 이런저런 생각에 잠겨 있는 중에 파리 경시청의 총감 G가 찾아온다. 그는 자신이 가져온 사건의 범인을 알고 있기 때문에 '단순한' 사건이되, 그럼에도 도무지 해결이 되지 않아 '기묘한' 사건이며 왕실의 지체 높은 분에 관한 것이라 '비밀'이라는 점을 강조한다.

비밀이란 발설되지 않는 한은 비밀이 있고 없고가 드러나지 않는다는 특징을 가지고 있다. 비밀이 비밀이라고 강조될 때는 이미 발설을 전제하면서 더 이상 비밀이 아닌 것이 된다. 그럼에도 불구하고 비밀을 공유한 사람 간에는 유대가 형성된다. 그러나 비밀이 완전히 공개되지 않아야 비밀이라는 흔적은 남는다. 총감이 사건에 대해 이야기를 전개하는 과정 또한 그런 비밀을 비밀이라고 강조하면서 비밀을 하나씩 벗겨낸다는 점에서 '스무고개'의 놀이와 같다. 그는 우선 이번 사건을 '기묘하다'고 부른다. 뒤팽이 볼 때 총감의 '기묘하다'는 묘사는 하나의 '경향'인데, 즉 자기 이해력의 범위를 벗어나면 모두 기묘한 것이다. 두 번째로 총감이 묘사하는 이 사건은 '더할 나위 없이 단순한 사안'으로 경찰이 충분히 해결할 수 있다. 그럼에도 불구하고 그 사건의 내막은 '흥미롭고' 기묘해서 뒤팽에게도 관심을 일으킬 것이라고 말한다. 총감에게 은밀하게 지시된 사건은 이제 뒤팽과 공유된다. 사건은 왕실의 지체 높은 귀부인의 것임이 드러난다. 그녀는 편지 한 통을 받게 되는데 이때 마침 다른 지체 높은 분이 들어오고, 그에게 편지를 보이고 싶지 않은 마음에 숨기려다가 실패해 그대로 탁자 위에 펼쳐놓는다. 그런데 바로 이때 D대신(大臣)이 들어왔고 편지의 주인이 당황하는 모습을 눈치 챈다. D대신은 공적 사안을 논의하는 중에 자신이 가지고 있던 비슷한 편지와 바꿔치기를 한다. 이 편지를 소유하는 것만으로도 권력 행사가 되면서 지체 높은 분에 대한 지배권을 휘두를 수 있기 때문에 총감은 왕실로부터 서둘러 편지를 되찾도록 명을 받은 것이다.

독자들은 특히 이 편지가 왕실의 귀부인에게 보내진 편지라는 점에서 내용이 궁금하다. 그런데 중요한 것은 편지가 공개되는 즉시 권력은 D대신의 손을 떠나게 된다는 점이다. 뒤팽이 이 사건을 해결한다면 편지의 내용은 영원히 공개되지 않을 것이다. 편지의 주인과 편지의 내용이 밖으로 공개되지 않아야 사건이 해결되는 것이기 때문이다. 독자 또한 문학작품이 제시하고 있는 서사를 수용한 것으로 전제되고, 따라서 텍스트의 비밀에 가담했기 때문에 편지의 주인과 내용에 대한 궁금증을 참아내야 한다. 이렇게 해서 소설의 언어구조는 편지의 내용에서 편지의 행방으로 이행하는 것이다. '비밀'이라고 합리화된 속임수는 독자의 궁금증을 배가시키기는 동시에 억제할 수 있는 장치들을 만들어 낸다. 바로 '찾기'에 돌입한 경찰과 뒤팽 자신이다. 뒤팽 또한 총감을 속인다. 총감에게 질문만을 통해 D대신 집의 수색을 마치는 것이다. 예를 들면, "화장대도 보셨겠죠? 판자와 유리 사이, 그리고 커튼과 카펫은 물론 침대와 침구도 조사해 보셨습니까?" "저택 안쪽의 바닥도 보셨겠지요?" "양탄자 아래 마룻바닥도 보셨습니까?" "벽지는?" "지하실도?"와 같은 식이다. 이와 같은 질문을 거쳐 뒤팽은 단서를 찾아낸다. 뒤팽은 비밀 사건을 조금씩 실토해 내는 방식보다 더 철저하게, 그리고 파리 경찰을 아주 신뢰하는 것처럼 보이도록 하면서 스무고개의 놀이 방식을 사용했다. 파리 경찰의 수색 범위 안에 감춰져 있었다면 반드시 편지는 눈에 띄었을 것이라는 사실이다. 뒤팽은 "다시 철두철미하게 조사하는 게 좋을 것 같군요" 라고 말하지만, 경찰국장은 "그건 절대적으로 불필요합니다. 편지가 그 저택에 없다는 걸 내가 숨 쉬는 것만큼이나 자신할 수 있어요"라고까지 확신한다.

그렇다면 편지는 정말 저택이 아닌 다른 곳에 있지는 않을까? 총감은 도둑맞은 편지의 안과 특히 겉모양에 대한 묘사를 읽고는 작별 인사를 하고 떠난다. 그리고 한 달쯤 지나 다시 찾아온다. 상금이 얼마인지를 물은 뒤팽은 수표를 건네받고는 자신이 되찾은 편지를 돌려준다. 파리 경찰은 상대가 아닌 자신이 감추었을 법한 방법에만 매달렸던 것이다.

"…… 총감과 그의 수하들이 그렇게 애를 썼는데도 실패한 이유는, 첫 번째로 그런 식의 동일시에 근본적으로 실패하기 때문이고, 두 번째로는 그들이 상대방의 지력을 오판하거나 아예 그걸 가늠할 생각조차 안 하기 때문이지. 자기 자신의 교묘한 아이디어만 생각한단 말이야. 그리고 감춰진 것을 찾을 때도 자신이라면 어떻게 감췄을까만 생각하는 거지. 그것이 옳을 때도 많아. 그들의 교묘함이 일반 대중의 교묘함을 충실히 대표하니까. 하지만 범죄자의 교활함이 자신들의 것과 종류가 다를 경우에는 물론 그 범죄자를 당해내지 못해. 범죄자가 그들보다 훨씬 더 교활할 경우엔 예외 없이 그렇고. 또한 범죄자가 그들보다 훨씬 더 우둔할 경우에도 보통은 그렇게 실패하게 되지. 조사 방법이 항상 고정되어 있기 때문에, 뭔가 예외적인 비상사태의 경우에도, 그러니까 예컨대 엄청난 보상이 따를 경우에도, 그들은 자신들의 방식은 내버려 둔 채 그냥 그 낡은 방식을 과장되게 키워서 실행에 옮기는 거야." (『에드거 앨런 포 단편선』, 255쪽)

따라서 상투적인 수색 방법은 이미 마친 상태였으므로 다른 추리를 해야 했다. 그것은 지도를 펼쳐놓고 지명 찾기 게임을 할 때의 방식과 같다. 지도에 나와 있는 지명을 불러 상대방이 찾기를 할 때 이 게임에 서툰 사람은 지도의 깨알 같은 지명으로 상대방을 골리려 하지만, 능숙한 사람은 큰 글자로 지도 한 끝에서 다른 한 끝까지 펼쳐져 있는 이름을 고른다. 아주 큰 글자로 쓰인 거리의 간판이나 광고가 도리어 사람들의 눈에 띄지 않는 것과 같은 이치다. 이러한 것을 보지 못하고 지나치는 물리적 착각은 사람들이 지나치게 명백한 것에는 도리어 생각이 닿지 않아 그대로 지나치고 마는 정신상의 부주의와 비슷한 것이다.

뒤팽은 D대신의 집에 방문하여 고의로 금제 코담뱃갑을 놔두고 나온다. 그리고 그것을 찾을 심사로 다시 D대신의 집을 방문한다. 그때 창밖에서 총소리가 들려왔고, 고함소리와 사람들의 외침 소리도 들려온다. D대신이 창가로 달려가 밖을 내다보는 사이 뒤팽은 편지를 바꿔치기 한다. 물론 창밖의 소란은 그가 꾸민 일이다.

총감에게 편지를 어떻게 찾았는지는 중요하지 않다. 그는 경찰 전체의 위신을 위해 편지를 찾기만 하면 되는 것이다. 편지를 돌려주고 총감이 돌아간 후 뒤팽이 편지를 찾게 된 경위를 설명하는 동안 독자는 총감을 능가하는 뒤팽의 지력에 의한 편지 찾기에 동참하여 즐기게 마련이다. 귀부인의 편지에 대한 억측을 누르고 뒤팽이 어떤 식으로 사건을 해결하는지로 관심을 돌릴 수 있는 것은 D대신이 왕실 방안에서 편지의 주인이 보는 앞에서 편지를 훔치는 방식을 뒤팽이 그대로 모방한다는 점 때문에 가능하다. 따라서 소설의 제목 '도둑맞은 편지'에서 '편지'에 모아진 관심은 '도둑맞은'에서 종결을 맺게 된다. '도둑맞은'은 말 그대로 도둑을 잡는 것에 목적이 있다. 도둑이 이미 D대신임이 밝혀져 있으므로 텍스트는 편지를 찾는 자체의 목적으로 돌아선다. 내러티브는 바로 여기에 힘을 쏟고 독자는 그 내러티브에 몰두하여 편지의 여행에만 오롯이 동행할 수 있는 것이다.

7장.

픽션의 순간들

그레고리우스는 약국을 나와 맞은편에 있는 카페에 자리를 잡았다. 그는 프라두의 책에 조르지가 전화를 거는 내용으로 시작하는 장이 있다는 것을 기억해 냈다. 서로 이야기를 나누거나 봄볕을 쬐고 있는 사람들과 거리의 소음에 둘러싸여 사전을 뒤지며 번역을 하던 그레고리우스는 지금까지 경험하지 못했던 대단한 일이 내부에서 일어나고 있음을 느꼈다. ……그는 프라두와 조르지가 옆의 식탁에 앉아 이야기를 나누는 모습, 종업원이 와서 말을 걸어도 전혀 방해를 받지 않고 대화하는 모습을 상상할 수 있었다.

—파스칼 메르시어, 『리스본행 야간열차』

진실임 직합의 놀이

문학은 삶과의 괴리를 드러낼까? 자크 랑시에르의 말대로 문학은 삶에 고유한 낱말들, 이미지들과 사고들을 사용하는, 이를테면 '진실임 직함'에 기초한다.

> 진실임 직함의 놀이는 진리와 경험적 현실로 결정되어진 이중적 관계를 규정하는 몇몇 조건들하에서만 기능할 수 있다. 이 놀이는 먼저 그 예측이 빗나갈망정 사건들의 연쇄작용을 예측하는 것을 가정한다. 그런데 사건들의 연쇄작용이 있으려면 먼저 사건이 있어야 하며, 행동들을 두둔하거나 방해하는 운명의 여신이 있어야 한다. 그러나 운명의 여신은 자신의 영역에 속하는 사람들, 즉 위대한 목표에 도달하고 위대한 행동을 펼치는 사람들만을 두둔하거나 방해할 뿐이다. 행동의 질서, 추구되고 좌절되는 목표의 질서는 삶의 질서, 즉 계속되는 나날들, 반복되는 일들, 그 행위와 몸짓이 이러한 목표와 좌절의 합리성을 드러내지 않는 일반 사람들의 질서

와 대립된다.(『문학의 정치』, 230쪽)

그러나 또한 문학예술은 진리에의 의무가 없는 인위적 기교이다.

진실임 직함은 유사성 체계, 즉 사람들이 어떤 운명과 어떤 반응을 기대할 수 있는 에토스들과 위대함, 비열함, 기쁨, 슬픔, 두려움, 질투, 분노 등을 나타내는 행동방식들의 모든 체계화를 재도입해야만 그 체계를 완성할 수 있다. 그러나 진실임 직함을 위해 책이 쓰이는 것이 아니다. 일상세계에서 하루하루를 그냥 살아갈 때에는 아무 일도 일어나지 않는다. 평범할 뿐이다. 그런데 평범한 것을 이야기로 담아내려 할 때 그것은 모험처럼 보인다(장 그르니에, 『존재의 불행』, 195쪽). 그냥 존재하는 것은 사고하지 않는 것이며 그것은 권태로운 것이다. 이야기를 통해 비로소 삶은 특별한 것이 된다. 따라서 그냥 살아갈 것인지 이야기를 할 것인지 하나를 선택해야 한다.

사실 우리는 눈을 가린 채 현재를 지나간다. 기껏해야 우리는 현재 살고 있는 것을 얼핏 느끼거나 짐작할 수 있을 뿐이다. 나중에서야, 눈을 가렸던 붕대가 풀리고 과거를 살펴볼 때가 돼서야 우리는 우리가 겪은 것을 이해하게 되고 그 의미를 깨닫게 된다(『우스운 사랑들』, 12쪽). 회색노트에 대한 기억은 편지의 주된 목적, 주인에게 가닿기까지의 여행을 생각하게 한다. 그것은 나에 의해 쓰였지만 상대를 의식하면서 상대에게 전달되어 상대의 반응, 동의를 기대한다. 어쩌면 그런 기대감만이 그 당시의 현재였을 것이다. 앞에서 이야기한 것처럼 나는 회색노트의 속의 내용을 하나도 기억하지 못한다. 그 노트의 바깥만을 기억할 뿐이다. 그런데 노트 바깥은 단지 당시 나의 현실만으로 구성되어 있지 않다. 브리오니처럼 오해와 환상이 노트 바깥의 경험을 완전히 다른 것으로 만들어 놓는다. 노트를 둘러싼 스토리는 그렇게 기억 저편을 여행한 것이다.

에드거 앨런 포의 「도둑맞은 편지」처럼 편지는 내용 자체보다 편지의 주인에게 가닿아야 하는 목적을 주지시킨다. 「도둑맞은 편지」가 편지의 내용을 전혀 소개하지 않는 것과 달리, 『티보 가의 사람들』은 회색노트의 내용을 공개하여 불온물처럼 취급한다. 이성을 알기 전 소년 간의 순수한 애정은 어른들의 눈에 동성애적 죄악으로 비친다. 윙 비들봄의 이야기처럼, 편지의 내용은 동성애가 아니라 어른들의 상상력을 키웠을 뿐이다. 아버지와 담당교사신부에 대한 자크의 복수는 사춘기 소년이면 누구나 상상하는 그런 종류의 것이다. 그러나 자크의 가출은 아버지의 권위라는 이름에 무참히 좌절된다.

그런데 문학 텍스트는 갈등을 일단락해야 하며 결말을 제시해야 한다. 물론 결론을 열어 놓는 포스트모던적 텍스트도 있지만 보통은 잠정적인 결말이 존재한다. 바르트는 텍스트가 모든 종류의 말다툼이나 논쟁이 부재하는 언어 공간이라고 지적했다. 텍스트는 어떤 속임수나 공격·협박의 위험이 없으며, 개인어들의 경쟁도 없다는 점에서 대화가 아니라고 보았다. 어째서 그러한가?

가끔 TV 드라마를 볼 때면 등장인물들이 말을 참 잘한다는 생각이 든다. 어쩌면 저렇게 아는 것이 많을까 하고 말이다. 현실의 '진실임 직함'의 모든 조건을 갖추고 있는 창작물은 앞에서도 언급한 랑시에르의 말처럼 인간에게 가능한 모든 행동방식들을 체계화시킨 것이다. 기대되는 반응들이 작중인물의 대화에 적용된다. 그럼에도 불구하고, 이것들은 아주 잘 마련된 반응들이다. 따라서 일상적인 언어와 달리 심층 층위를 가지고 있다. 작가의 페르소나인 작중인물은 작중 인물로서의 목소리로 표층 층위를 구성하지만 분명 작가의 무의식인 심층 층위를 이루고 있다. 그렇기 때문에 "책은 의미를 만들고 의미는 삶을 만드는"(『텍스트의 즐거움』, 84쪽) 것이 아닌가.

시간을 많이 들이는 사람

나는 읽던 책을 덮는다. 오랜만에 오래오래 책을 읽었다. 그리고 책 표지의 바깥, 현실이라고 불리는 곳으로 돌아왔다. 익숙했던 것들이 낯설다. 한 달여간의 여행을 마치고 돌아왔을 때 여행 전 몸에 배어 당연했던 것은 이질적인 것으로 변해 있다. 방안의 사물들은 내 손에서 빠져나간 모래알들과 같다. 사물들은 마치 자신들만의 세계가 있는 것 같다. 나는 낯선 감정들을 몰아내려 하다가 사물들을 바라보기 시작한다.

> [……]
> 바로 그때 나는 말하기 시작한다. 사물들이여,
> 너희는 고통을 아는가?
> 한 번이라도 배가 고프거나 길을 잃거나 외로웠던 적이 있는가?
> 울어 보았는가? 공포를 아는가?
> 창피함은? 미움과 질투, 고백할 필요도 없는 작은 죄악들을 아는가?
> 사랑해 본 적 있는가? 한밤중에 바람이 창문을 열고 차가운 심장으

로 스밀 때
죽어 본 적 있는가? 늙는다는 것을, 시간을, 지나간다는 것을, 죽음
을 경험한 적 있는가?
침묵이 깔린다.
벽에는 지진계의 바늘만이 춤춘다.
(자가예프스키, 「사물들의 삶에서」)

나와 동거하고 있는 것들의 세계. 그 평화로운 공간, 해가 서서히 기울고 침묵이 깔리고 있다. 이제 밖으로 나와 길을 걷는다. 거리의 풍경은 나의 걸음 속도에 따라 흘러간다. 거리를 나서면 어느 방향으로 걸어야 하는지 자연스럽게 파악된다. 그것은 익숙함이다. 새로운 장소에 도착했을 때 낯선 풍경은 시간이 지나야 익숙해진다. 발걸음은 어디로 향해야 하는지 몰라 망설이느라 꼬이곤 한다. 그것은 두려움과 불안을 끌어내는 이국적인 매력이다. 푸코는 이국적인 매력에 대해 우리의 사유가 갖는 한계, 즉 그것을 사유할 수 없다는 적나라한 사실이라고 말하였지만(『말과 사물』, 7쪽), 그 한계야말로 나의 눈과 귀를, 사물을 향해 열리게 한다. 친숙하지 않은 낱말의 조합으로 만든 간판명은 물론, 도시의 색채마저 내게 '다른' 것들로 다가온다. 이런 모든 것들이 처음에는 충격이다. 내가 왔던 곳과 다르다는 것이 진정 나를 긴장하게 만든다. "다른 도시들이 지닌 특징을 구별하기 위해서는, 잠재하는 최초의 도시에서 출발해야 합니다"(『보이지 않는 도시들』, 113쪽)라고 마르코 폴로는 말했다. 새로운 도시는 내가 출발한 곳과 비교에 의해서 그 특징이 구별된다. 그러나 새로운 도시에 길들여

지면 그 풍경은 더 이상 어색하지 않다. 별 생각 없이 걷고 있는 내가 있을 뿐이다. 그렇게 걸어도 더 이상 다리가 꼬이는 일은 없다. 이렇게 해서 내가 출발해 온 도시는 지워진다. 공원의 나무들이 무성해져 내부는 보이지 않는다. 저 나무의 이름이 뭐였더라. 바람이 불 때마다 햇빛을 받은 잎들이 파르르 떨릴 때마다 은빛 비늘이 일어난다. "아이 러브 트리즈"(I love trees). 어느 영화의 내레이션을 발음해 본다.

"아이 러브 트리즈."

발음에 취해 온몸으로 나무를 사랑할 것만 같다.

나는 집에 돌아오고 싶어서, 다시 익숙한 장소에 있고 싶어 베른으로 돌아온 그레고리우스를 생각한다. 집은 차가웠고 그가 뒤로하고 떠난 흔적이 그대로 남아 있다. 그는 부벤베르크 광장으로 내려갔다. 그런데 수십 년 동안 친근감을 주던 그곳에 '접촉'하지 못했다. 학교에도 가봤지만, 그곳은 그가 교사로서 지냈던 공간이 아니라 오롯이 학생으로서 지냈던 공간으로 그에게 기억되어 있었다. 그는 모든 장소, 베른에서도 리스본에서도 실패했다는 생각에 빠졌다. 올바른 장소란 어디인가? 그는 아마데우 프라두의 책을 꺼내 읽는다.

> 우리는 어떤 장소를 떠나면서 우리의 일부분을 남긴다. 떠나더라도 우리는 그곳에 남는 것이다. 우리 안에는, 우리가 그곳으로 돌아와야만 다시 찾을 수 있는 것들도 있다. 단조로운 바퀴 소리가 우리가 지나온 생의 특정한—그 여정이 아무리 짧더라도—장소로 우리를 데리고 가면, 우리는 스스로에게 가까이 가고 우리 자신을 향한 여행을 떠난다. 우리가 낯선 정거장의 플랫폼에 두 번째로 발

을 디디면, 그래서 확성기에서 들려오는 소리를 듣고 다른 곳과 확연히 구별되는 냄새를 맡으면 우리는 외형상으로만 먼 곳에 도착한 것이 아니라 마음속 먼 곳에도 이른 것이다. ……
'지금'과 '여기'가 본질적이라는 확신으로 이것에 집중하는 행위는 오류이며, 또한 불합리한 폭력이다. 중요한 것은 확실하고 느긋하게, 알맞은 유머와 멜랑콜리로 '우리'라는 시간과 공간상의 내적인 경치 속에서 움직이는 일이다. 여행을 하지 못하는 사람들에게 우리가 연민을 느끼는 이유는 뭔가? 그들이 외적으로 움직이지 못하면서 내적으로도 뻗어나가지 못하기 때문이다. 이 사람들은 자기 자신을 계발할 수 없고, 스스로를 향한 먼 여행을 떠나 지금의 자기가 아닌 누구 또는 무엇이 될 수 있었는지 발견할 가능성을 박탈당한 채 살아간다. (『리스본행 야간열차』, 316~318쪽에서 부분적으로 인용)

그레고리우스는 자신이 베른에 왔다는 소식을 아무에게도 알리지 않고 다시금 묵었던 리스본의 호텔을 무기한 예약하고 다음날 리스본으로 향한다. 프라두의 글은 올바른 장소에 대한 이야기를 해주는가? 마지막 문단에 해답이 있을 것이다.

그레고리우스가 책 한 권을 들고 프라두를 찾아 나선 여정은 그레고리우스 스스로를 찾아 나선 여정이기도 하다는 것을 독자도 알아차렸을 것이다. 그리고 무엇보다 그레고리우스는 아마데우의 책 한 권으로 그와 연관된 많은 사람들의 기억, 침묵 속에 묻어 버린 기억을 소환해 낸다. 그들이 알거나 모르는 프라두에 대한 그리움을, 그리고 애증을 이야기하는 동안 그들은 현재를 받아들이고 현재를 살아갈

그레고리우스는 퍼붓듯 쏟아지는 빗속에서 그 여자가 편지를 읽었던 그 자리에 멈추어 서서 아래를 내려다보았다. 그제야 그는 다리가 얼마나 높은지 알 수 있었다. 그녀는 정말 뛰어내리려고 했던 걸까? 아니면 플로렌스의 남동생이 다리에서 뛰어내렸다는 기억 때문에 속단을 한 걸까? 모국어가 포르투갈어라는 것 말고는 그 여자에 대해 아는 게 없었다. 이름조차 알지 못했다. 다리 위에 서서 아까 그녀가 구겨서 던져버린 편지를 찾으려는 건 말도 되지 않는 시도였지만, 그는 너무 눈이 피로해져 눈물이 날 때까지 아래를 내려다보았다. 저기 보이는 까만 점이 아까 날아가 버린 우산인가? 그는 재킷 주머니를 확인해 보았다. 이름도 모르는 포르투갈 여자가 자기 이마에 썼던 전화번호가 들어 있었다. 그레고리우스는 다리 끝까지 걸어갔다. 어디로 가야 할까. 그는 이제 지금까지의 인생에서 도망가려는 참이었다. 그런데 그런 생각을 하는 사람이, 마치 아무 일도 없다는 듯이 집으로 갈 수 있을까? (『리스본행 야간열차』, 22~23쪽)

수 있게 된다. 그레고리우스의 여정은 프라두의 사진 한 장에서 받은 충격에서 시작된다. 그것을 굳이 푼크툼(punctum; 찌름, 작은 구멍, 나를 찌르는 우연)이라고 말하는 것은 의미가 없을 것이다. 한 번도 만난 적이 없지만, 그와 맞닿아 있는 강렬한 느낌. 아침 출근길에 만난 포르투갈 여자. 우연이 기회가 되는 순간이었다. 그는 이 기회를 놓치지 않았을 뿐이다.

나는 오랫동안 문학을 잊고 지냈다고 언급했다. 오랫동안 문학을 폭넓게 바라보지 못했다. 그저 읽어서 즐거운 문학 본연의 목적을 잊었다. 이번 작업은 내가 무엇을 좋아하는지 생각할 수 있는 계기를 마련해 주었다. 하위징아의 말대로 놀이 자체가 그 목적이며 놀이정신은 행복한 영감의 원천이 된다. 중학교 때부터 성인이 될 때까지 살았던 집의 마당에는 목련 두 그루가 있었다. 하얗게 피기 시작할 때부터 흉한 모습으로 질 때까지, 그리고 푸른 잎이 나뭇가지를 덮을 때까지 나는 마루에 엎드려 읽고 또 읽었다. 그때 왜 그렇게 문학이 나를 사로잡았는지 곱씹어 보았다. 다른 재미있는 일이 없어서가 아니라 빠져들게 만드는 독서의 힘 때문이었다. 어떠한 문학작품도 현실적 사물들을 반복하지 않는 법은 없었다. 그것은 마치 게임의 법칙과도 같았다. 실용적인 도구와 같은 일상 생활의 언어는 단어의 이미지들을 약화시킨다. 그 단어들은 표면적인 용도를 기억시키기는 하지만 그 단어에 빠져들게 하지는 않는다. 현실적 사물들이 이질적인 언어에 의해 낯설고 신기한 모습으로 재현될 때면, 나는 멍해지거나 충격에 빠졌다.

나는 본격적인 독서를 시작한 이래로 나의 현실에 함몰되는 대신 스스로 제삼자가 되어 나의 경험, 환경을 바라보는 버릇을 갖게 되었다. 나는 가끔 내가 나라고 하는 어떤 사람의 대역을 맡고 연극을 한다는 생각을 한다. 페르난두 페소아의 말을 빌리자면, 이것은 관조적인 삶을 가능하게 하는 방법이다. 모든 사물은 사람이 그것을 관찰하는 방식에 따라 기적이 되기도 하고 걸림돌이 되기도 한다. 즉 모든 것이 될 수도 있고 아무것도 아닐 수도 있다. 방법이 될 수도 있고 문제가 될 수도 있다. 따라서 현실을 환상의 한 종류로 받아들이고 환상을 현실의 한 종류로 받아들이는 것이 쓸데없는 일이면서 불가피한 일이라고 했다(페르난두 페소아, 『불안의 서』, 175쪽). 그렇게 해서 나라는 사람의 행복 또는 절망에 빠져들지 않는다. 행복에 궁극적인 의미를 두면서 불행에 빠져드는 대신 냉정하게 사건을 하나하나 해결한다. 조지처럼 분장실에서 나와 소도구와 조명, 무대 기술자들이 있는 무대 뒤 세계를 지나 무대로 등장한다. 배우로서의 책임을 지키면서 활발하고 확실하게 "안녕하세요!"라고 첫 대사를 말하는 것이다. 이렇듯 책은 삶에 함몰되려는 나를 전혀 다른 인식에 눈을 뜨게 한다. 그 인식이 사람을 자유롭게 하리라는 것은 의심의 여지가 없다.

책에 대한 나의 예찬이 오래된 사물에 대해 향수를 품고 있기 때문이라고 질책을 받을 수도 있겠다는 생각이 든다. 과거의 향수에 빠져들고 시대를 제대로 해석하지 못하는 것이라고, 시대에 맞춘 사고와 지평을 이해해야 한다고 비난할 수도 있다. 내가 만일 치열한 삶 앞에 치열하지 못한 시대착오적인 발상을 하고 있다면, 그렇다면 나는 나를 어떻게 이해할 것인가? 일상적인 삶을 지루하게만 해석하는 것은 삶에 담긴 수수께끼와 우화를 알지 못하기 때문이다. 나의 삶을, 아주 짧게 스쳐가는 빛나는 찰나를 어떻게 포착할 것인가? 현대의 일상적 패턴들은 스스로에게서 자생하는 상상력과 감수성이 무엇인지는 잃어버리게 만들었다. 다시 말해 자신의 감수성과 성향에 맞춘 삶의 속도가 아닌 자본시장의 욕망 속도에 맞춰진 것이다. 이렇게 해서 하위징아가 지적한 대로 사소한 오락과 투박한 선정주의에 대한 갈망을 추구하면서 진정한 유머는 잃어버리게 된 것이다.

『보이지 않는 도시들』에서 마르코 폴로가 프로코피아라는 곳에 처음 갔을 때, 여관의 창밖 풍경에는 도랑과 다리, 낮은 돌담, 그리고 모과나무와 옥수수 밭과 같은 것들이 담겨 있었다. 그 속에서 그는 사람의 모습이라고는 보지 못했다. 그런데 일 년 후에는 보리를 씹어 먹고 있는 둥글고 밋밋한 얼굴을 구별해 낼 수 있었다. 그 이후 점점 더 많은 사람들이 보였다.

> 매년 방에 들어갈 때마다 곧장 저는 커튼을 걷고 더 늘어난 얼굴들을 세었습니다. 도랑에 있는 사람들까지 열여섯이었습니다. 그후에는 스물아홉 명이었는데 그중 여덟 명은 모과나무 위에 앉아 있었습니다. 닭장에 있는 사람들을 계산하지 않고도 마흔일곱 명이 되었습니다. 그들은 서로 닮았고 친절해 보였으며 뺨에는 주근깨가 나 있었고 웃고 있었습니다. 검은딸기 때문에 입 주위가 시커먼 사람도 있었습니다. 저는 곧 이 얼굴이 둥근 사람들로 다리가 꽉 찬 것을 보았습니다. 움직일 만한 공간이 더 이상 없었기 때문에 그들은 모두 바짝 붙어 있었습니다.

마르코 폴로의 이 이야기는 어떤 수수께끼를 품고 있는가? 마르코 폴로가 이 도시에 올 때마다 새롭게 발견하는 풍광에 관한 것인가? 그렇게 한 해 한 해를 보내면서 창밖에는 도랑과 나무를 가릴 만큼 많은 사람들로 가득 채워졌다. 그리고 마침내 창문에서 오직 얼굴들만 꽉 차 있게 되었다.

올해 커튼을 걷었을 때, 마침내 창문은 오직 얼굴들만으로 꽉 차 있었습니다. 창문의 한쪽 귀퉁이에서 다른 쪽 귀퉁이까지, 같은 높이에 같은 간격으로 그 둥글고 밋밋한 얼굴들이 꼼짝 않고, 미소를 짓고 있었습니다. 그들 사이로 여러 개의 손들이 앞에 있는 사람의 어깨를 잡고 있었습니다. 하늘도 사라져 버렸습니다. 차라리 창가에서 멀어지는 게 나았습니다.
움직이는 것도 쉽지 않았습니다. 제 방에 스물여섯 사람이 함께 묵고 있었습니다. 다리를 움직이려면 바닥에 웅크리고 앉아 있는 사람들을 불편하게 해야만 했습니다. 나는 서랍장 위에 앉아 있는 사람들의 무릎과 교대로 침대에 기대고 있는 사람들의 팔꿈치 사이를 뚫고 지나가야 했습니다. 모두 친절한 게 천만다행이었습니다.
(『보이지 않는 도시들』, 183~185쪽)

새로운 도시가 형성되고, 그 도시가 번성하고 지속되는 과정을 인구가 증가하는 모습으로 보여 주는 것일까? 낯선 고장에서 처음에는 보지 못했던 것들을 점점 더 많이 보고 알며 이해하게 되었다는 것일까? 이것에 대한 답은 독자에게 있을 것이다. 칼비노가 이야기한 것처럼 "책은 시작과 끝이 있는 무엇인가이며 독자가 들어가서 이리저리 돌아다니고, 심지어 길을 잃기도 하다가 어느 순간 하나의 출구를, 혹은 여러 개의 출구를 찾는, 밖으로 나갈 수 있는 길을 만들 가능성을 찾는 공간"일 테니까 말이다.

삶에의 탐구

내가 문학에 대해 호기심이 생겼던 것은 동화책에 나오던 과자 집과 종이봉투에 담아 주는 색색의 사탕에서부터이다. 그리고 같은 시대 같은 시간에, 혹은 다른 시대 다른 시간에 이곳이 아닌 다른 곳에서 살고 있는 그 누군가의 삶에 대한 궁금증에서부터이다. 그레고리우스 교수가 추적하는 과거의 다른 곳, 다른 사람들의 삶은 그의 삶을 돌아보게 한다. 그것은 '환상적인 침묵'의 순간이다. 마찬가지로 『불안의 서』의 화자도 다른 이들의 영혼이 어떻게 느끼며 살고 있는지 궁금히 여긴다. 작가인 그는 끊임없이 자신이 굶주림을 고백하는 수천의 목소리를, 자신의 영혼과 마찬가지로 일상이라는 운명에 굴종한 채 헛된 꿈과 영원히 실현되지 않을 희망을 차마 파기하지 못하고 있는 수백만 영혼의 끝없는 기다림을 담을 수 있을까, 의문이 든다(『불안의 서』, 32쪽). 그런 의문을 품은 채 적막에 잠긴 자신의 방에서, 슬픔으로 글을 쓴다.

지금 당장 하고 있는 일을, 혹은 가지고 있는 것을 모두 내려놓고 다른 세계로 걸어 들어갈 수 있을까? 안정된 직업을 가지고 있을수록, 나이가 들수록, 가진 것이 많을수록 자신이 속한 세계에서 벗어나는 것은 어렵게 느껴진다. 편도 항공권과 500불만 가지고 뉴욕으로 떠났다는 학생이 떠오른다. 젊고, 가진 것이 적다는 것은 때로 장점이 되기도 한다. 그러나 현대사회에서는 이런 생각을 하는 것 자체가 어렵다. 사람들은 실용적으로 삶을 배분하여 살기 때문에 바쁘기만 하다. 조지가 생각하듯이 학생들의 진정한 공통점은 다급함이 아닐까. 그들은 강의시간에 주어진 과제 딱 그만큼의 지식정보를 능숙하게 찾아 발표하고 페이퍼를 제출한다. 틀린 구석은 없지만 읽다 보면 서로서로 비슷한 내용들이다. 어째서 호기심이 발동할 기회를 스스로 차단하는 걸까? 이것이야말로 자신에게서 일어날 수 있는 감동과 즐거움에 대해 무관심한 태도이다. 의문과 궁금증을 품기도 전에 2차 텍스트를 검색하고 정리한다면 창의적이지 못하고 경직된 사고만 가지게 될 것이다.

『싱글맨』에서 대학교수인 조지는 한 달 전 학생들에게 올더스 헉슬리의 소설 『수많은 여름이 지나간 뒤 백조는 죽는다』를 읽으라고 권고했다. 소설 제목은 수수께끼처럼 들린다. 그것은 알프레드 테니슨의 시 「티토누스」(Tithonos)에서 따온 것이다. 오늘 조지가 티토누스가 누구인지 물었으나 아는 학생은 아무도 없다. 소설과 두 단계나 떨어져 있는 티토누스에 대해서는 신경 쓰지 않았던 것이다. 헉슬리, 테니슨, 티토누스. 학생들은 학업에 대한 의무를 수행할 뿐 소설 제목의 뜻이 무엇인지에 대한 호기심은 없다. 조지는 학생들을 향해 제목의 의미도 찾아볼 생각도 하지 않으면서 어떻게 그 소설에 관심 있는 척을 할 수 있느냐고 묻는다. 이런 문학적 수수께끼는 조지와 같은 교수가 탐구할 일이 되고 말았다.

수풀이 시든다, 수풀이 시들어 땅에 떨어진다,
구름이 울어 물기를 땅에 뿌린다,
사람은 세상에 와서 밭을 갈다가 그 땅 밑에 묻힌다,
그리고 수많은 여름이 지나간 뒤 백조는 죽는다.
잔인한 불멸이 오직 나만을
소모시킨다; 그대의 품 안에서 나는 서서히 시들어가고 있다,
여기 세상의 가장 적막한 끝에서,
영원히 침묵하는 동쪽 공간에서
몇 겹으로 덮인 안개와, 희미한 아침의 홀을.
하얀 머리카락의 그림자로 꿈처럼 서성이면서.
아아! 한때는 사람이었던, 이 회색빛 머리를 한 그림자는
그의 미모로 인해 그대의 선택을 받아 영광스러웠던,
그대의 선택을 받고, 그 부푼 가슴이
우쭐한 마음에 스스로를 마치 신처럼 여겼던!
"나에게 불멸을 줘요,"하고 당신에게 요청했지.
그러자 그대가 나의 요청을 미소를 지으며 들어줬지,
마치 어떻게 주는지에 대해서는 전혀 신경 쓰지 않는 부유한 사람들처럼.
그렇지만 그대의 힘센 강력한 시간들은 분개해 그들의 뜻대로 해버렸지,
나를 쳐서 무너뜨리고 나를 쇠약하게 만들었어,
나를 죽게 만들 수는 없지만, 나를 손상된 채로 남겨두고,
영원한 젊음 옆에 살게 만들었지,

영원한 젊음 옆에 영원한 노년으로,

과거의 나의 모습은 이제 모두 재가 되었지.

이카로스의 신화를 브뢰헬이 그리고, 브뢰헬의 그림을 오든이 시로 쓴 것처럼 티토누스의 신화는 테니슨의 시가 되고, 이것은 다시 헉슬리의 소설 바탕이 된다. 조지는 우선 티토누스에 대한 신화를 이야기해 준다. 저주를 받아 인간 소년만 보면 무조건 사랑에 빠지는 에오스는 티토누스를 납치한다. 티토누스를 납치하면서 그의 형제 가니메데스도 함께 납치했으나 제우스가 가니메데스를 보고 미친 듯이 사랑에 빠진다. 에오스는 가니메데스를 제우스에게 양보해야 한다는 것을 알고, 가니메데스를 양보하는 대신 티토누스를 불멸로 만들어 달라고 제우스에게 부탁한다. 제우스는 기꺼이 티토누스를 불멸로 만들었지만, 에오스가 영원한 젊음을 달라고 말하지 않아 티토누스는 죽지도 못하고 점점 흉한 늙은이가 된다. 점점 노망이 심해지고 목소리도 새된 소리로 변하더니 그는 결국 매미가 된다. 이 시에서 티토누스는 다시금 인간이 되어 죽을 수 있는 운명을 그리워한다.

이야기를 마친 후 조지는 소설이 말하고자 하는 것이 무엇인지를 묻는다. 여기서부터 잘못된 것일까? 학생들은 '무엇'에 대한 질문과 대답을 복잡하고 피곤한 게임으로 여긴다. 문학에 담긴 수수께끼에 대해 정답을 찾아야 한다는 부담감이 그들을 못 견디게 만드는 것인가? 오이디푸스가 스핑크스의 수수께끼를 풀고 왕이 된 것을 생각해 보면, 수수께끼는 진지함과 놀이의 경계를 무너뜨린다. 나도 조지가 말한 학생들의 무심함에 대해 생각한다. 조금만 깊은 내용으로 들어

가도 학생들은 한계에 부딪친다. 문학작품이 '무엇'을 말하고자 하는지를 토론시키면 난감해한다. 그들의 시선은 시계에 집중된다. '무엇'에 대한 질문과 대답을 복잡하고 피곤한 게임으로 여기는 것이다(『싱글맨』, 70쪽). 나는 학생들에게 어렴풋이 남아 있는 좋았던 기억으로 손꼽은 책들을 지금 다시 읽어 보라고 권한다. 같은 책에서 그들은 또다시 즐거움을 느낄 수도 있으며 실망할 수도 있다. 나는 학생들이 하염없이 책을 읽었으면 좋겠다. 좋고 나쁘고 할 것 없이, 고전이고 아니고 할 것 없이, 쉴 새 없이 책을 읽었으면 싶다. 『리스본행 야간열차』에서 읽고 있는 책을 마저 읽기 위해 완행열차를 탔다는 여자는 읽고 또 읽는다. 그레고리우스처럼 나도 책을 읽는 여자의 얼굴을 상상해 본다. 도서관에서 내가 알고 있는 책을 만날 때의 느낌. 그리고 떠오른 단어 하나. 어떤 단어인지는 기억나지 않는 단어. 그 단어를 알아내기 위해 책을 뒤져보아도 보이지 않는 단어. 그러나 단어는 전혀 예상하지 못한 때에 다시 생각날 것이다.

나는 책을 쓰면서 책을 읽었다. 번역본이 아쉬워 원서를 주문하고, 동일한 책의 다른 판본을 빌려 인용할 부분들을 비교해 보기도 하였다. 예전에 가지고 있던 책의 최근 번역본을 다시 구입하기도 했다. 잊어버리고 있던 책들을 다시 찾기도 했고, 읽어 본 적이 없는 새로운 책을 시도하기도 했다. 이야기를 풀어나가는 방식이 나를 감동시키는 작가들이 있고, 단어의 표현이 뛰어나서 좋아하게 되는 작가도 있다. 물론 읽히지 않는 책도, 이해하기 어려운 책도 존재한다. 그것을 발견하고 알아가는 작업은 주어진 책을 읽어내는 것보다 적극적인 독서활동이다.

책을 읽는 데도 계기가 있다고 말했다. 책의 부름이 있다. 책의 부름에 응답하여 작품 속의 삶에 관계하는데, 그것은 가짜가 아니라 모든 순간에 현전한다. 독서는 "독서 속에 실제로 작품 속에서 문제되는 모든 것을 간직하고 있고, 이러한 이유에서 독서는 그 자체만으로 마침내 소통의 모든 무게를 지니는"(『문학의 공간』, 298쪽) 것이다. 어느 책에서 화자가 헤매던 길의 풍경이나 상처가 된 과거의 아련한 기억 같은 것들이 나의 마음에도 달라붙는다. 600쪽에 가까운 소설의 행간 행간마다 감정의 부스러기들이 빛나고 있다.

뒤집기의 독서

즐거움에 따라 텍스트를 평가하기로 한다면, 어떤 책은 좋고 어떤 책은 나쁘다는 말은 할 수 없다. 롤랑 바르트가 볼 때 텍스트가 이것은 지나치고 저것은 충분치 않다는 식의, 그런 규범적인 술어의 유희에 가담할 만큼 완벽해질 수 있다고는 측정할 수도, 상상할 수도 없다(『텍스트의 즐거움』, 60~61쪽). 그런데 롤랑 바르트는 '즐거움'(plaisir)이 아닌 '즐김'(jouissance)이라는 것에 대해서도 언급했다.* 나는 앞에서 주로 '즐거움'의 관점에서 문학을 이야기해 왔다. 바르트에 의하면, 즐

---

* 이에 대해 『텍스트의 즐거움』 51쪽 5번 각주와 195쪽을 참조할 것. 즐거움이란 육체적·도덕적으로 쾌적한 상태인 한편, 즐김은 동사 즐기다(jouir)에서 나온 것으로 보다 내밀한, 그리하여 우리의 온 마음을 관통하는 보다 지속적인 감정을 의미하는 것이다. 롤랑 바르트는 한 인터뷰에서 "즐거움이란 편안함·개화·용이함의 가치 속에서 확인되는 주체·자아의 강화에 연결되는 것으로서, 내게는 이를테면 고전작품의 모든 독서 영역이 해당됩니다. 이와 대립하여 즐김이란 주체가 견고해지는 대신, 상실되며, 엄밀히 말해 그 자체가 즐김인 소모/소비(dépense)의 체험을 하는 독서나 언술행위의 체계를 가리킵니다"라고 말했다.

거움의 텍스트는 만족시켜 주고, 채워 주고, 행복감을 주고, 문화로부터 와서 문화와 단절되지 않으며, 편안한 독서의 실천과 연결된다. 반면, 즐김의 텍스트는 상실의 상태로 몰고 가서 마음을 불편하게 하고 (어쩌면 권태감마저도 느끼게 하고), 독자의 역사적·문화적·심리적 토대나 그 취향·가치관·추억의 견고함마저도 흔들리게 하여 독자가 언어와 맺고 있는 관계를 위태롭게 한다. 다시 말해, 즐거움이 큰 노력을 기울이지 않아도 성취되는 수동성에 의한 것이라면, 즐김은 스스로에게 부여하는 능동적이고 적극적인 관찰, 불투명함의 찢어냄, 그리고 책 앞쪽으로 몸을 수그리는 자세이다. 즐김은 독서활동에서 반드시 필요하지는 않은 '초과'의 행위이므로 그냥 지나칠 수 있거나 지나쳐도 되는 것일 수 있다. 고통스러움에의 쾌락에 동참하는 비정상적인 태도일 수 있기 때문이다. 그러나 그 역시 시대적인 추세가 즐김의 텍스트들을 즐거움 쪽으로 기울어지게 하므로 즐김의 텍스트에 대한 기준은 막연하다.

즐거움과 즐김에 대해 다시 이야기 해보자. 표면적인 스토리와 그 의미작용 이면에서 징후를 탐색하는 독서가 있다. 표면의 스토리를 이해하고 책을 덮는 독서가 즐거움의 독서라면 책에 흐르는 아이러니나 삶에 스며 있는 불가피한 외부의 힘에 대한 내면적인 목소리를 파악하는 것이 즐김이다. 그것을 파악하는 것은 결코 쉽지 않고, 결국 파악하지 못하고 그 책은 잊혀지기도 한다. 문학에서 나타나는 위트와 유머는 작중인물의 행위와 말이 그가 속한 사회에서 어떻게 작용하고 영향을 미치는지 본인만 모르는 경우를 보여 주기 위해 나타나기도 한다. 결국 본인에게 가장 치명적인 영향이 되돌아오게 되지만 그는 마치 자신의 의도와 상관없이 외부에 존재하는 어떤 힘에 의해 모든 일이 벌어졌다고 막연하게 생각하기에 이른다. 「누구도 웃지 않으리」에서 화자는 진지함과 농담 사이를 자신의 방식대로 구분하고 있지만, 그것은 타인을 이해시키지 못한다. 자투레츠키 씨에게 호의적인 논평을 해준다는 것은 있을 수 없는 일이다. 그러나 그는 결국 자투레츠키 씨 부부에게 더없이 진지한 것을 농담으로 만든 꼴이 되었다. 그런데 화자의 생각은 단순하지 않다. 앞에서 인용한 화자의 독백을 상기해 보면, 화자에게 있어 거짓말은 다 같은 거짓말이 아니다. 어떤 거짓말은 무언가를 감추는 것이 아니라 오히려 진실을 말해준다. 장난과 농담으로 진심을 보여 줄 수 있는 것이다. 그러나 가치 있는 것들, 사랑하는 것들에 대해서는 절대로 거짓말을 할 수 없다. 그것은 자신을 비참하게 만드는 일이기 때문이다.

화자의 거짓말은 『농담』에서 루드빅이 쓴 엽서의 농담과 맥락을 같이한다. 화자는 인생의 심각함, 그가 속해 있는 감시의 사회에 대해 반발심 또는 저항을 가지고 있다. 그가 썼던 논문은 한 학술잡지사로부터 거절당했기 때문에 규모가 작고 더 젊고 더 경솔한 다른 경쟁지에 실린다. 그의 논문은 학과장의 말의 빌리면, '정치적으로 의심스러운 입장에서' 쓰였다. 그의 논문을 거절한 학술잡지사는 자투레츠키라고 하는 사람의 논문을 여러 전문가들이 거절했음에도 불구하고 화자를 유일한 권위자로 생각하니 독하게 논평을 써달라고 요청한다. 화자는 이 요청에 대해 반발이 생겼고 자신을 신봉하는 자투레츠키 씨의 사형 집행인이 되고 싶지 않았다. 그의 논문은 형편없지만 그렇다고 그의 논문에 대해 평을 할 생각은 전혀 없다. 그래서 자투레츠키 씨에게 모호한 약속을 편지에 함으로써 그의 모든 기대를 화자에게 쏠리게 만든다. 화자는 명확하지 않은 약속으로 인해 계속해서 거짓말을 해야 하는 시련을 겪는다. 출장을 가서, 황달에 걸려서, 시간표가 바뀌어서 등의 거짓말로 자투레츠키 씨를 피한다. 그리고 클라라에게 접근했다는 누명을 뒤집어씌워 자투레츠키 씨와 클라라를 곤경에 빠지게 했으며, 자신을 소환한 구역 위원회에서 클라라를 숨기기 위해 헬레나라고 이름을 바꿔 여러 여자가 있다는 문란한 이미지를 주었다.

이렇게 해서 화자는 자신보다 한참 어린 클라라조차도 알고 있는 '그들의 시대가 농담하는 시대가 아니며, 모든 것을 심각하게 받아들인다'는 것을 인지하지 못한 셈이 되었다. 그러나 그가 "삶의 의미란 바로 삶과 더불어 노는 것이며, 그러기에 삶이 너무 게으르다면 살짝 찔러 줄 필요가 있다"고 말한 것과 모든 상황을 자신이 고삐를 쥔 모험으로 생각했던 것을 기억할 필요가 있다. 그는 이 모험의 주체였다. 따라서 자신에게 일어난 비극—클라라를 잃고, 조교수 자리를 잃은 것—을 희극으로 놓을 수 있었던 것이다. 그는 자신을 이해하지 못하고 "거짓말하는 남자를 존경할 수는 없다"는 클라라를 더 이상 지키지 않아도 될 때까지, 그리고 숨 막히는 감시의 시대에 불일치하는 반항을 시도함으로써 자신이 파멸하는 스토리를 끝까지 지켜본다. 그는 자기기만에 빠진 것인가?

자신의 인생을 모험 속에 던져놓고 그 모험을 감행하고 지켜보는 화자는 객관적인 통념으로 어리석다. 그가 어리석다고, 실패했다고 이야기해 주는 클라라의 입장이 대다수의 의견일 것이다. 그는 매 순간마다 일이 심각해지고 있음을 인식한다. 그는 타인의 삶이 아니라 자신이 속한 시대의 삶 전체를 조소하고 있는 것은 아닌가. 그의 행동 방식이, 말하는 방식이 심각해진 상황으로부터 빠져나올 수 있는 출구를 찾는 대신, 자신을 실험대 위에 세움으로써 자신이 속한 사회에 자신의 진리를 고백하고자 한 것이 아닌가? 그렇게 하여 그는 자신의 스토리를 비극이 아니라 희극에 올려놓을 수 있는 것이다. 이렇게 해서 문학은 어떤 개인에 대해 보편적인 잣대로만 평가하는 것을 삼가게 해준다. 세속적으로 실패한다는 것을 달리 바라보는 지평, 그것은 문학에서 시작된다. 그리고 현실의 삶으로도 이양해야 할 것들 중의 하나이다. 자투레츠키 씨는 화자를 곤경에 빠뜨린 주범이 아니라, 화자가 삶을 날카롭게 각성하게 만든 모티프이다.

이제 독자는 내가 전개한 「누구도 웃지 않으리」를 뒤집어, 화자가 곤경에 빠뜨린 자투레츠키 씨에 대한 새로운 독서의 징후를 찾아야 한다. 그리고 반론을 펼쳐야 한다. 그것이 독서를 '즐거움'이 아니라 '즐김'으로 놓는 방법이다. 책을 몇 권 읽었는지는 중요하지 않다. 즐거움을 즐김으로 변형하는 것이 바로 독서를 놀이로 만드는 기술이다. 롤랑 바르트는 '즐김'에 대해 전혀 다른 정의를 내린다. 이것은 감당할 수 없는 텍스트, 불가능한 텍스트이다. 어떤 곳에도 고정시킬 수 없는 수상쩍은 것, 즉 탈(脫)장소인 아토피(atopie)**이다. 이러한 텍스트야말로 복잡한 놀이 성격에 적합할 것이다. 탐구심이 있는 사람에게 적합한 책이다. 그러나 내가 생각하는 '즐김'은 끝을 지연시키는

** a는 out of, topos는 장소의 뜻으로, 자기 자리에 있지 않다는 뜻이기도 하고, 장소 자체가 없다는 뜻이기도 하다.

것이다. 놀이를 지속시키기 위해서는 끝나지 않는 반복이 요구된다. 아이는 농구 골대 앞에서 공을 놓치지 않아야 자신이 골을 넣을 기회를 얻는다. 그러나 일단 골을 한 번 넣은 후에는 상대방에게 공을 주어야 한다. 뺏는 한이 있더라도 경기를 지속하기 위해서는 공을 넘겨줘야 한다. 고무줄놀이도 마찬가지다. 아이는 줄에 걸려 놀이의 주연자리를 뺏기지 않기 위해 열중한다. 물론 상대 친구는 아이가 빨리 줄에 걸리길 바라고, 그 후에 주연 자리를 뺏어오고 싶다. 그러나 누가 고무줄을 점유하든 놀이는 정지하지 않는다. 놀이는 엄마나 오빠가 집으로 불러들이는 순간 끝이 날 뿐이다. 나는 앞에서 농구하는 아이들이 무한반복하는 동작을 심심하게 바라보고 있었다고 말했다. 나는 그 놀이에 참여하지 않았다. 보고 있었지만, 무심한 구경꾼의 눈에는 열의도, 감정도 담겨 있지 않았다. 재미없는 것이 당연했다. 그들의 놀이는 단순한 반복 동작이 아니다. 끝을 지연시키려는 놀이의 속성인 것이다. 그러나 결국에는 놀이도 끝을 향해 간다. 곧 해가 지고 집으로 돌아가야 할 시간이기 때문이다. 마찬가지로 독서의 목적은 결말에 있지 않다. 책의 첫 페이지에서 마지막 페이지에 이르기까지 크고 작은 즐거움이, 좌절이, 감정의 분출이, 깨달음의 빛나는 언어들이 숨어 있다. 훌륭한 작가는 결말을 지연시키기 위해 마지막 장에서도 "공주와 왕자는 행복하게 살았습니다"와 같은 식으로 결말을 내지 않는다. 마지막 페이지는 오늘밤 조지가 죽을 수도 있다는 가능성을 담보하면서 조지의 죽음을 가정한다. 그레고리우스는 입원하기 위해 베른으로 돌아오지만 돌아오기 전 리스본으로 다시 갈 생각에 부동산에 들러 집을 봐둔다. 이렇듯 소설은 끝을 맺지만 인물들의 행보는 지연된다. 소설이 끝나도 그들의 삶은 이어질 것이기 때문이다.

어릴 때 나는 아래층에 사는 친구를 불러내어 놀곤 했다. 문밖에서 친구의 이름을 부르면, 가끔 그 친구는 "나 지금 책 읽어. 나중에 놀자"라고 대답했다. 그때 그 문 앞에서 나는 갈등하곤 했다. 친구도 책을 읽는다는데 나만 나가 놀아야 하나? 그러한 갈등은 1분도 채 이어지지 않았다. 나에게는 집 앞 놀이터에서 노는 것만큼 재미있는 일이 이 세상에 없었다. 친구 없이도 나는 집 앞 놀이터에서 잘 놀았다. 그네도 타고, 모르는 아이들에게 말도 걸어 어울렸다. 그렇게 얼굴이 발그레해질 때까지 뛰어놀았다. 그렇지만 당시만 해도 책을 읽는다는 것이 심각하거나, 교육적인 강제 사항은 아니었다. 엄연히 고를 수 있는 여러 개의 놀이 중 하나였다. 내겐 선택권이 있었다. 물론 나는 아주 자주 놀이터를 선택했지만 말이다.

자꾸만 독서를 품위 있고 고상한 것으로 자리바꿈시키지 말자. 한 학기 동안 문학 강의를 수강한 학생들은 대체로 문학에 대해 진지한 태도를 보인다. 종강 시간에 한 학기 배운 문학작품에 대한 간단한 감상을 돌아가면서 이야기할 기회를 주자, 학생들은 각자 문학이 역사 기록물과는 다른 방식으로 시대상을 반영하고, 페미니즘을 포함한 사회적 이슈에 중요한 영향을 미칠 수 있으며, 몇 세기가 지난 문학작품이 현대사회에서 여전히 시사하는 바가 클 수 있으며, 공교육의 대안이 될 수 있다는 점을 이야기했다. 그러나 순전히 호기심만으로 문학작품의 미로를 즐겁게 헤맸다는 어느 학생의 말처럼, 독서는 혼자 할 수 있는 좋은 놀이임에 분명하다. 무엇보다 공감하는 인물과 언어를 만났을 때 즐겁다. 나의 외로움과 고독에 응답해 주는가 하면, 수수께끼를 들이밀기도 한다. 나는 아직도 추리소설과 연애소설이 재미있다. 그 재미는 책을 덮는 순간에 있지 않다. 이야기가 끝을 향해 가는 동안, 끝나지 않기 위해 멈칫하고 지연되는 과정 속에 있다. 사건의 미궁에 빠지는 순간, 그리고 계속해서 비켜 가는 연인과의 만남을 기대하는 중에 재미는 극대화된다.

누구나 놀이의 선택권이 있다. 독서를 포함시킨다면 놀이의 선택 범위가 크게 늘어나는 것이다. 문학에 장르가 다양하니, 하나가 아니라 적어도 서너 가지의 놀이가 생기는 것이다. 이제 그 세계로 들어가 보기를 권한다. 그곳은 모든 독자에게 똑같은 곳이 아니다. 어떤 독자인지에 따라 다른 느낌으로, 다른 스릴로, 다른 논리로 맞닿을 세계이다. 따라서 먼저 읽은 다른 사람이 전해주는 말로는 제대로 된 이야기를 알 수 없다. 직접 보고, 만져야 어떤 세계인지 비로소 알 수 있다.

참고문헌

가라타니 고진, 『윤리21』, 송태욱 옮김, 사회평론, 2001.
그르니에, 장. 『존재의 불행』, 권은미 옮김, 문예출판사, 2002.
누스바움, 마사. 『시적 정의: 문학적 상상력과 공적인 삶』, 박용준 옮김, 궁리, 2013.
랑시에르, 자크. 『문학의 정치』, 유재홍 옮김, 인간사랑, 2011.
_______, 『정치적인 것의 가장자리에서』, 양창렬 옮김, 도서출판 길, 2013.
리쾨르, 폴. 『해석의 갈등』, 양명수 옮김, 한길사, 2012.
마르케스, 가브리엘. 『아무도 대령에게 편지하지 않다』, 홍보업 옮김, 민음사, 1982
마르탱 뒤 가르, 로제. 『티보 가의 사람들』, 정지영 옮김, 민음사, 2008.
매큐언, 이언. 『속죄』, 한정아 옮김, 문학동네, 2003.
메르시어, 파스칼. 『리스본행 야간열차』, 전은경 옮김, 들녘, 2014.
문광훈, 『가면들의 병기창: 발터 벤야민의 문제의식』, 한길사, 2014.
바디우, 알랭. 『윤리학』, 이종영 옮김, 동문선, 2001.
바르트, 롤랑. 『이미지와 글쓰기』, 김인식 편역, 세계사, 1993.
_______, 『텍스트의 즐거움』, 김희영 옮김, 동문선, 2002.
보르헤스, 호르헤 루이스. 『픽션들』, 송병선 옮김, 민음사, 2011.
블랑쇼, 모리스. 『도래할 책』, 심세광 옮김, 그린비, 2011.
_______, 『문학의 공간』, 이달승 옮김, 그린비, 2010.
소로, 헨리 데이비드. 『월든』, 홍지수 옮김, 펭귄클래식코리아, 2014.
슐링크, 베른하르트. 『귀향』, 박종대 옮김, 시공사, 2013.
_______, 『책 읽어주는 남자』, 김재혁 옮김, 시공사, 2013.
앤더슨, 셔우드. 『와인즈버그, 오하이오』, 한명남 옮김, 해토, 2004.
울프, 버지니아. 『댈러웨이 부인』, 최애리 옮김, 열린책들, 2007.
이셔우드, 크리스토퍼. 『싱글맨』, 조동섭 옮김, 그책, 2009.

자가예프스키, 아담. 『타인만이 우리를 구원한다』, 최성은·이지원 옮김, 문학의 숲, 2012.
조이스, 제임스. 『더블린 사람들』, 김종건 옮김, 범우사, 1997.
초서, 제프리. 『캔터베리 이야기』, 송병선 옮김, 서해문집, 2007.
칼비노, 이탈로. 『보이지 않는 도시들』, 이현경 옮김, 민음사, 2007.
쿤데라, 밀란. 『농담』, 방미경 옮김, 민음사, 1999.
________, 『우스운 사랑들』, 방미경 옮김, 민음사, 2013.
키냐르, 파스칼. 『떠도는 그림자들』, 송의경 옮김, 문학과지성사, 2003.
테일러, 찰스. 『불안한 현대 사회』, 송영배 옮김, 이학사, 2001.
파울즈, 존. 『프랑스 중위의 여자』, 김석희 옮김, 열린책들, 2009.
페소아, 페르난두. 『불안의 서』, 배수아 옮김, 봄날의책, 2014.
포, 에드거 앨런. 『에드거 앨런 포 단편선』, 전승희 옮김, 민음사, 2013.
________, 『우울과 몽상: 에드거 앨런 포 소설전집』, 홍성영 옮김, 하늘연못, 2002.
푸코, 미셸. 『말과 사물』, 이규현 옮김, 민음사, 2012.
하위징아, 요한. 『놀이하는 인간: 호모 루덴스』, 이종인 옮김, 연암서가, 2010.